LES BROUILLARDS NOIRS

Né à Nantes en 1961, Patrice Gain est ingénieur en environnement et professionnel de la montagne. Il est l'auteur de plusieurs romans très remarqués : *La Naufragée du lac des Dents blanches* (prix Récit de l'ailleurs 2018), *Denali* (prix du polar *Sud Ouest/Lire en poche* 2021), *Terres fauves* (prix du festival du polar de Villeneuve-lez-Avignon 2019), *Le Sourire du scorpion* (prix Quais du polar 2021), *De silence et de loup* et *Les Brouillards noirs*.

Paru au Livre de Poche :

DENALI
DE SILENCE ET DE LOUP
LE SOURIRE DU SCORPION
TERRES FAUVES

PATRICE GAIN

Les Brouillards noirs

ROMAN

ALBIN MICHEL

© Éditions Albin Michel, 2023.
ISBN : 978-2-253-24944-3 – 1ʳᵉ publication LGF

« Enfant il n'a pas arraché les ailes des mouches
attaché des boîtes de conserve à la queue des chats
ni emprisonné les cafards dans des boîtes d'allumettes
ou détruit des fourmilières
il a grandi
et toutes ces choses on les lui fit
j'étais à son chevet quand il mourut
récite un poème dit-il
sur le soleil sur la mer
sur les cuves atomiques et les lunes artificielles
sur la grandeur de l'humanité. »

L'optimiste, Nâzim Hikmet

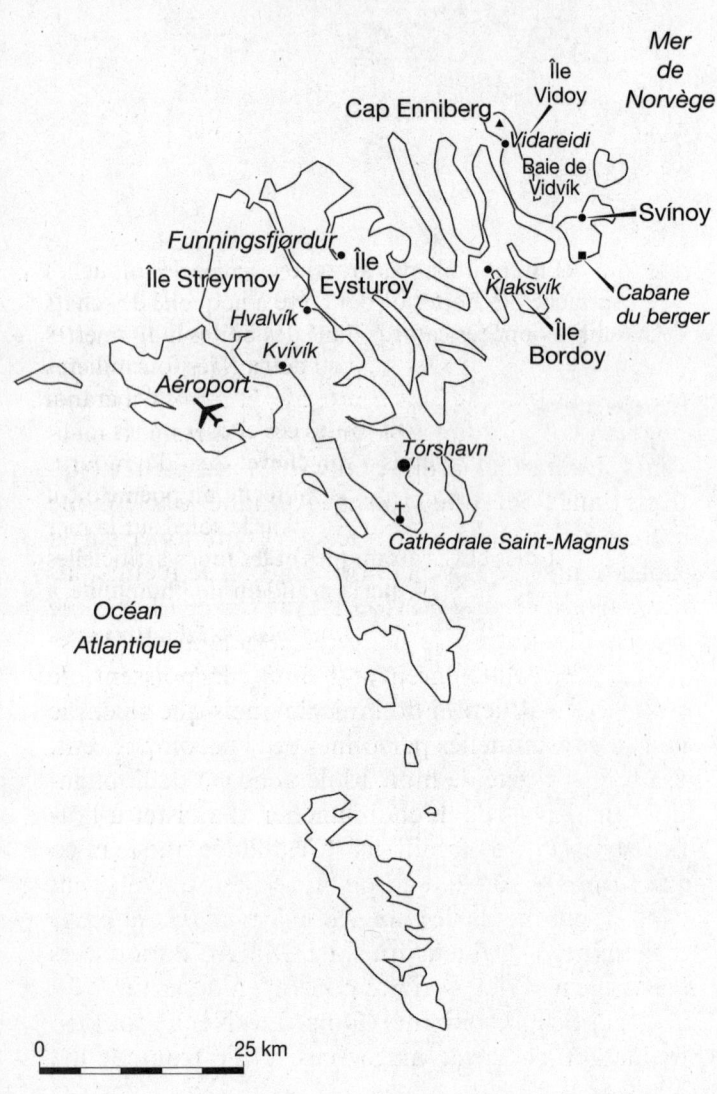

1

Je me souviens de ce jour comme si c'était hier. Un dimanche d'octobre, le premier du mois. J'étais dans un des villages côtiers de la presqu'île de Crozon, avec le quatuor que j'avais intégré huit mois plus tôt, pour un concert dans une chapelle offerte à tous les vents. Le dernier d'une tournée de six représentations dans l'ouest de la France. Quand le téléphone a coassé, j'ai laissé le batracien s'époumoner sur la table de nuit de ma chambre d'hôtel. Je n'étais pas d'humeur à échanger avec qui que ce soit. Je n'aime pas les dimanches. Je ne les ai jamais aimés. Ils se ressemblent tant, égrènent l'ennui, le poissent. Je traîne cette affliction dominicale quels que soient le lieu et les éventuelles personnes qui l'accompagnent. Un boulet hérité de mon adolescence et de l'obligation que j'avais de m'endimancher, d'assister à l'office et aux rituels familiaux. C'est l'idée que je m'en suis faite. J'ai souvent été en butte à un subconscient cabossé par un tas de choses que je n'ai aucune envie d'examiner à la lueur du jour. Malgré de louables efforts, je n'ai rien pu faire pour m'en départir.

J'écoutais l'étonnante Dom La Nena, tout en feuilletant de vieux magazines, pour tromper ma maussaderie. La raucité des cordes de son violoncelle s'accouplait crûment à sa voix de velours et c'était douloureusement mélancolique. La musique m'a toujours fait office de calendrier. Je restitue le plus souvent les choses passées grâce à elle. Mon esprit errait de page en page comme un papillon de nuit en quête d'un coin de lumière où se poser. Mon portable a coassé une deuxième fois, puis une troisième. Je me suis levé sans entrain, un rien agacé par cette insistance à moins d'une paire d'heures du début du concert, en me promettant de remplacer ce chant de grenouille braillarde par une sonnerie moins inquisitrice. L'écran affichait une suite de chiffres qui n'éveillait rien dans ma mémoire. J'ai décroché en soupirant :

— Oui.

— C'est moi ! Il faut absolument que je te parle.

La voix a cinglé mon cerveau. J'ai bredouillé :

— Nathalie ?

— Je sais ce que tu es en train de te dire, mais il faut que tu m'écoutes.

— Alors c'est vraiment toi...

J'étais abasourdi.

— Ça fait plus de onze ans... Merde, onze ans !

— Mets ça de côté et écoute-moi.

— Je ne sais pas si tu te rends bien compte !

— Dans quelle langue il faut que je te le demande ?

— Je pensais ne plus jamais entendre le son de ta voix...

— T'as pas changé. Je ne sais même pas pourquoi j'ai conservé ton numéro. On ne peut jamais compter sur toi. On n'a jamais pu.

Puis elle a raccroché. Je suis allé à la fenêtre. La mer était partout. Une mer qui haletait et battait mollement le quai sur lequel étaient perchés cinq bateaux de pêche aux couleurs pastellisées par les éléments et le labeur. Un essaim de contractions s'est lancé à l'assaut de mon épine dorsale et a fait connexion avec ma poitrine en m'infligeant de fulgurantes douleurs intercostales qui étaient autant de coups de couteau.

Nathalie était mon ex-femme. En cette année 2018, il y avait onze ans, huit mois et quatorze jours qu'elle avait coupé tout lien avec moi. Je ne connaissais que trop bien ses emportements verbaux et ses mouvements d'humeur. «On», c'était elle et notre fille, Maude. Après notre séparation, Nathalie avait attendu d'en obtenir la garde pour s'évaporer avec elle sans laisser d'adresse. Maude avait alors douze ans. Les semaines qui avaient précédé le divorce, dans le bureau de la juge, elle avait utilisé la même rhétorique : «On ne peut jamais compter sur lui», «Il n'est pas fiable, il n'est jamais là!», «Ni moi ni sa fille ne faisons partie de sa vie». Ça et : «Il faut qu'il arrête de boire. J'ai fait tout ce que je pouvais pour l'aider, mais je ne peux plus continuer, c'est au-dessus de mes forces.» Le plus difficile à supporter était que Maude tenait le même discours. Toutes ces allégations ne reposaient sur rien de tangible, enfin, surtout celles me prêtant une propension à l'ivresse. J'étais totalement désemparé par ces attaques pléthoriques, plus encore quand c'était Maude qui me les assénait : «Papa, arrête de boire!» disait-elle en imitant sa mère, toujours en présence d'amis.

Par deux fois elle avait d'autorité retiré la carafe de whisky posée sur la table pour aller la ranger et une autre fois elle était allée vider dans l'évier de la cuisine la bouteille de sauternes que nous venions d'entamer. L'humiliation avait été telle que je n'avais rien su produire d'autre qu'un sourire embarrassé. Mes invités étaient ces jours-là, comme souvent, des collègues de l'Orchestre national de Lyon. Les musiciens aiment volontiers se retrouver autour d'un verre après les concerts ou les répétitions pour évacuer le stress scénique et l'anxiété de la performance, mais rien qui ressemble de près ou de loin à une addiction, du moins pas pour tous. Chacun fait de son mieux pour avancer sans se faire piéger par des tremblements erratiques qui viendraient trahir une consommation excessive et ruiner une carrière aussi ténue qu'un fil de soie. Cette mécanique érosive, lente et puissante comme la meule d'un moulin à vent, avait eu raison de mon psychisme. Dans les jours précédant le jugement, Nathalie m'avait dit qu'il était inenvisageable qu'elle puisse me confier la garde de Maude ne serait-ce qu'un week-end, que j'étais beaucoup trop instable pour qu'elle puisse me faire confiance. Elle m'avait laissé entendre qu'elle irait jusqu'à m'accuser d'attouchements sexuels pour obtenir gain de cause. Elle avait dit ça comme un autocrate promet le feu nucléaire à ceux qu'il veut asservir.

Le divorce prononcé, ma vie ne ressemblait plus à rien. J'ai perdu mon job. Tout est allé très vite. Une vertigineuse dégringolade. Secoué de toute part, je prenais des coups sans jamais avoir la force de me relever. J'étais alors violoncelliste solo à l'Orchestre de l'opéra de Lyon. J'avais fait un tas de sacrifices pour en arriver là : des études au conservatoire de Paris puis de Genève (que j'avais quitté avec un prix de virtuosité). Ensuite, j'avais suivi différentes classes de maître avant d'intégrer l'Orchestre de chambre d'Europe et enfin celui de Lyon.

Les psys m'ont dans un premier temps expliqué que j'avais été victime d'un SAP, un syndrome d'aliénation parentale ou, dit plus simplement, d'une campagne de dénigrement menée par mon ex. Mais c'était trop tard, je m'étais enfermé dans les miasmes de la dépression. Mettre un nom sur mes maux n'avait pas suffi à me redonner goût à la vie. Apprendre que Maude devait tout autant être sous l'emprise de sa mère n'avait pas été de nature à occulter mes cauchemars. Comment avais-je bien pu être aussi naïf ? La musique est un art exigeant, je n'avais que cela à avancer pour tenter de colmater mon aveuglement, ma propension à me laisser entraîner vers le néant, à me faire dépouiller de ce qui faisait ma raison d'être. Et puis cette explication s'est érodée au fil des consultations. Le jour s'est levé quand j'ai dit ma peur de la scène. Les attaques de panique avant les concerts, la tension extrême avant que le son de mon violoncelle ne résonne seul après les envolées de l'orchestre. Quand on joue dans le rang, on est un arbre de la forêt, existant dans la puissance occultante de la masse. Mais le soliste, derrière quoi pourrait-il se cacher ? Il est offert en pâture au public avec en lui la menace de la fausse note, de l'égarement sur le fil de la partition. J'ai avoué ma consommation de bêta-bloquants et d'anxiolytiques avant d'affronter le public, les lignes de coke pour faciliter mon retour à la normale. J'avais cru pouvoir contourner les choses plutôt que de les affronter. La vie est une fausse note. Elle en est truffée. Penser autrement, c'est passer à côté de son existence et c'est précisément ce que j'avais fait durant les trois années qui avaient précédé notre séparation. Ma fausse note, c'était d'avoir cherché à être ce que l'on voulait que je sois, performant et compétitif. Je m'étais écarté de tout ce que j'aimais comme de ceux qui m'aimaient, concert après concert. Je n'ai pas souvenir d'avoir échangé avec Nathalie sur ce sujet. Elle ne posait aucune question, ne semblait pas inquiète ou préoccupée. Quand j'évoquais à mots cachés ce qui me rongeait, elle me répondait avec la délicatesse d'un pied-de-biche forçant un coffre en bois. Je crois qu'elle s'était construit une vie en parallèle et qu'elle cherchait un moyen de me fuir avec notre fille. Je lui avais donné, jour après jour, le bâton pour me faire battre. Je suis sorti de l'obscurité tel que j'y étais entré, vulnérable et fragile, mais j'en avais pris conscience et cette acceptation faisait toute la différence.

Pendant des mois j'avais cherché Maude. Je n'ai jamais cessé de la chercher. J'avais fait appel à un détective privé qui avait entretenu l'espoir en échange d'exorbitantes factures et de fausses joies. Ce jour-là c'est à elle que j'ai immédiatement pensé. Une vague inquiétude s'est nichée dans mon esprit. Nathalie a rappelé quelques minutes plus tard. Je n'avais pas bougé. Je savais qu'elle rappellerait, parce qu'après tout ce temps il fallait qu'elle ait quelque chose de terriblement important à m'annoncer pour faire cette démarche. J'observais, par la fenêtre de la chambre, les rayons du soleil déclinant aviver le *glaz*, cette couleur si particulière, propre à la côte bretonne.

— Oui…
— C'est à propos de Maude.
— Qu'est-ce qui se passe?
— Elle n'est pas rentrée!
— Rentrée d'où?
— Des îles Féroé. Je devais la retrouver à l'aéroport, mais elle n'y était pas. Je n'ai aucune nouvelle. Elle est injoignable.

Sa voix avait changé. Une angoisse piétinait son assurance. Elle avait dû tout tenter, mettre des cierges d'athée désespérée dans toutes les églises et attendre qu'ils se consument avant de me contacter. Je n'ai pas cherché à polémiquer, ce n'était pas le moment.

— Qu'est-ce qu'elle faisait là-bas?
— Elle était en vacances avec son petit ami.
— Lui non plus n'est pas joignable?
— Il est rentré.
— Ah! Tu sais pourquoi Maude n'était pas avec lui?
— Il dit qu'ils se sont séparés quelques jours avant la date du retour.
— Il doit bien y avoir une police sur place, tu l'as contactée?
— Oui, évidemment! J'ai tout essayé.
— Qu'est-ce qu'ils t'ont dit?

— Qu'ils ne lanceraient pas de recherches dans l'immédiat parce qu'elle est majeure et que rien n'indique qu'elle soit en danger.

— Et l'ambassade de France ?

— L'ambassade est à Copenhague, alors ils s'en foutent un peu, je crois. Ils m'ont donné le téléphone du consulat sur place. Une femme a pris mon signalement en me disant la même chose que la police. Elle m'a conseillé de patienter quelques jours, en m'expliquant que Maude n'avait sans doute pas eu envie de se retrouver dans le même avion que son ex-petit ami, qu'elle avait peut-être bien rencontré quelqu'un d'autre, enfin ce genre de conneries.

— Ça n'explique pas pourquoi elle ne répond pas au téléphone. Elle était où la dernière fois que tu lui as parlé ?

En disant cela, j'ai réalisé que j'aurais été bien en peine de situer ces îles sur une mappemonde.

— Franchement, j'en sais rien. Les noms sont imprononçables. Elle m'a dit qu'elle était sur une île, dans un village minuscule, qu'il n'y avait que deux villages sur l'île. C'est tout, je crois. Attends, non... Elle a dit aussi qu'elle allait monter jusqu'à un cap si la météo n'était pas trop mauvaise. Ça a été notre dernier échange...

— C'est vague... C'était quand ?

— Il y a quelques jours déjà.

— Qu'est-ce qui s'est passé, Nathalie ?

— Rien ! Rien du tout. C'est juste qu'elle ne me tenait plus très au courant de ce qu'elle faisait ces derniers temps.

— Je vois...

— Tu ne vois rien du tout !

— Elle publiait sur les réseaux ?

— Oui, au début de leur voyage surtout… Après, plus rien.

— Envoie-moi son numéro de portable et celui de son copain aussi, s'il te plaît. Il s'appelle comment ?

— Tomo, Tomo Jelenc. Il était étudiant avec Maude. Qu'est-ce que tu comptes faire ?

— Je ne sais pas… Qu'est-ce qu'on peut faire ? J'aimerais parler avec ce Tomo. Il faut qu'il nous en dise plus. Et toi, tu habites où ?

— C'est pas le sujet.

— Je demandais ça comme ça.

— Bruxelles.

— Pourquoi Bruxelles ?

— C'est là que je me suis installée quand je t'ai quitté.

— Je vois.

— C'est fou ce que tu peux voir ! Pendant des années tu as été aveugle et maintenant tu vois des tas de choses comme Bernadette, la Vierge ! Raphaël, pose ton violoncelle et retrouve-la.

— Pourquoi tu n'es pas là-bas ?

— Qu'est-ce que tu cherches ? À me culpabiliser ? À te défiler ?

— C'était juste une question.

— Mon mari pense que je m'inquiète pour rien et il a besoin de moi… Je ne sais même pas pourquoi je te dis ça. De toute façon, je n'arriverai à rien, je ne parle ni féroïen ni anglais.

Avant qu'elle ne raccroche, j'ai ajouté :

— Nathalie! Envoie-moi des photos récentes de Maude aussi. Je ne sais même pas si je pourrais la reconnaître.

Il y a des mots qu'on aimerait ne jamais avoir à prononcer, des choses que l'on voudrait ne jamais entendre et des situations auxquelles on ne devrait jamais avoir à faire face. Vivre, c'est être sur ses gardes en permanence, c'est ce que je me suis dit. J'avais baissé la mienne, de garde, depuis pas mal d'années déjà. J'avais continué à avancer en me demandant comment j'avais bien pu passer autant de temps loin de Maude, comment j'avais bien pu laisser Nathalie orchestrer sa fuite sans me rendre compte de ce qu'elle tramait. «Tu n'as jamais été suffisamment combatif», c'est ce que je me répétais souvent. Le jugement est une chose, l'abdication en est une autre. Et voilà que le feu s'avivait de nouveau sous des vents nauséabonds.

Je me souviens m'être dit que les dimanches étaient peut-être bien le jour du Seigneur, mais décidément pas le mien.

2

Je suis descendu au salon. Il y avait de l'agitation. Mes partenaires étaient en conversation avec l'équipe organisatrice du concert. Chemise blanche et nœud papillon assorti. On nous a conduits à la chapelle en voiture. Il y avait du monde, beaucoup trop pour le modeste édifice. Nous avons commencé à jouer sur le terre-plein, dans la douceur envoûtante d'une fin d'été, avant de poursuivre, à la nuit tombante, dans l'édifice religieux qui avait une acoustique de cathédrale. Quand j'ai senti mon téléphone vibrer dans ma poche, j'ai tressailli et dû faire un effort pour rester concentré. Il me tardait de regagner l'intimité de ma chambre pour voir ce que Nathalie m'avait envoyé. Les photos de Maude, surtout. Après avoir rangé matériel et instruments, je n'ai pas traîné, comme j'avais l'habitude de le faire. Je suis rentré à l'hôtel en courant.

Sur la première photographie, on voyait Maude assise au sommet d'une falaise, sur un petit îlot de sable que le vent avait abandonné là, les jambes écartées, les bras entre, les mains jouant avec les grains de silice. Derrière elle, la mer écumait dans un dédale de roches acérées. Son bonnet laissait échapper de longs cheveux châtains raidis par les embruns poisseux. Elle regardait droit devant elle. Un regard un peu triste, juste songeur peut-être. Elle portait un caban bleu marine à brandebourgs en bois, un jean et des bottes. J'ai toujours cette photo avec moi. Aujourd'hui, je trouve qu'elle ressemble à Patti Smith sur la couverture de son livre *L'Année du singe*, en beaucoup plus jeune bien sûr. Maude devait avoir une vingtaine d'années au moment du cliché. J'aurais aimé savoir où la photo avait été prise, par qui, à quelle occasion. Sur la deuxième, on voyait son visage en gros plan. Elle avait les traits plus durs, expressifs, mais sévères. On ne distinguait pas grand-chose de ce qu'il y avait en arrière-plan, sa chambre peut-être bien. La suivante était une photo d'anniversaire. Il y avait du monde autour d'elle, tant d'inconnus. Son visage était à moitié caché derrière un gâteau flanqué de quelques bougies fumantes comme un volcan islandais. Ça n'avait pas grand intérêt, à part me faire toucher du doigt que la vie de Maude s'était écoulée sans moi. Sur la dernière, sa tête reposait sur l'épaule d'un jeune type au faciès assez viril. Il avait de longs cheveux bruns, un nez un rien épaté et un regard déterminé. Maude souriait à pleines dents. Elle semblait heureuse. Quatre photographies. Seulement quatre pour combler onze ans d'absence, pour dire le temps qui ne se rattrape pas et attiser le besoin mordant de la serrer dans mes bras.

J'ai enregistré le téléphone de Maude et j'ai immédiatement cherché à la joindre. Il n'y a pas eu de sonnerie. Rien d'autre qu'un grand vide. J'ai ensuite tenté ma chance avec celui de Tomo. Il n'a pas répondu. Je lui ai laissé un message disant qui j'étais et le conjurant de me rappeler le plus vite possible, à n'importe quelle heure.

Avant de me mettre au lit, je suis allé chercher des infos sur les îles Féroé. Une vingtaine de minutes plus tard, je me demandais ce qui avait bien pu attirer Maude dans cet archipel sans arbres, tondu comme un golf.

Le lendemain, nous avons repris la route avec notre minibus pour rejoindre l'aéroport Charles-de-Gaulle. Un trajet monotone. Des tensions étaient apparues entre nous pendant cette série de concerts. C'est toujours comme ça que finissent les tournées. Six heures et demie plus tard, nous nous séparions devant le hall de l'aérogare. J'avais un vol pour Lyon tandis que mes confrères rentraient à Paris. Comme d'habitude, il y avait du monde. Avant de passer la zone de contrôle, j'ai appelé Nathalie. Je suis tombé sur sa messagerie : « Nathalie De Witte. Pas disponible. Ne laissez pas de message. » Ça m'a un rien déconcerté. Pas le côté abrupt de l'annonce, non, mais le nom de famille. J'en étais resté à Mme Chauvet. J'étais passé à côté de tant de choses. Je me suis raclé la gorge et j'ai dit :

— La police belge, tu as pensé à la prévenir? Il faut qu'elle interroge ce Tomo de toute urgence. Il sait forcément quelque chose. J'ai tenté de le joindre hier soir et ce matin encore, mais il ne répond pas. Essaie d'entrer en contact avec sa famille aussi. À très vite. Raphaël.

J'ai aussitôt regretté cette familiarité. Un «Rappelle-moi au plus vite» aurait été plus approprié.

J'avais pris l'habitude de vivre seul, bien loin des préoccupations familiales, et voilà que l'absence de nouvelles de Maude (je n'osais formuler le mot «disparition») me replongeait dans les affres de la paternité. Les jours suivant sa naissance, j'avais été en proie à une angoisse dévorante, accablé par le poids de la responsabilité qui m'incombait. Je n'avais jamais ressenti cela auparavant, avoir la vie de quelqu'un entre mes mains. Les chutes, les maladies, la mort subite du nourrisson avaient habité mes nuits pendant des mois.

Je me suis rongé les sangs pendant tout le voyage en minibus. Je ressentais un besoin impérieux de faire quelque chose, sans que rien de précis ou de constructif me vienne à l'esprit. C'était désemparant. Et, subitement, je me suis convaincu que la chose à faire était d'aller sur ces îles, puisque Maude y était. Il y avait un vol pour Copenhague le soir même avec possibilité d'embarquer. J'ai pris deux billets, un pour moi, l'autre pour mon violoncelle, enregistré mes bagages et me suis installé dans un fauteuil qui n'invitait pas à la détente.

J'ai passé la nuit à l'aéroport de Copenhague, entre sommeil et mauvais songes. Au lever du jour, les yeux noyés dans l'aube verdâtre et pluvieuse, j'ai entraperçu des avions décoller en soulevant des gerbes d'eau. Je ne savais plus bien ce que je faisais là. Avant d'avoir eu le temps de me poser plus de questions, une voix suave, tombée de nulle part, a invité les passagers à destination de Tórshavn-Vágar, îles Féroé, à se présenter à la porte d'embarquement.

3

Dans l'avion, mon voisin m'a demandé si c'était un violon que j'avais dans mon étui. J'ai esquissé un sourire avant de répondre :
— Un violoncelle, peut-être ?
Je savais que sa question n'en était pas vraiment une, seulement une invitation à converser. Il a poursuivi en me disant que lui aussi était musicien à ses heures, sans préciser de quel instrument il jouait. Personne ne cherche à engager la conversation sur un vol pour Seattle ou Tokyo, mais quand on voyage vers des destinations plus sibyllines, ce n'est pas si rare. Le type avait une cinquantaine d'années. Il m'a dit qu'il était féroïen et ne quittait ses îles qu'une fois l'an pour aller visiter son frère qui habitait Copenhague. Il m'a demandé ce que je prévoyais de faire aux Féroé, si j'avais des représentations publiques programmées, ce genre de chose. Je lui ai fait une réponse alambiquée parce que je ne me voyais pas lui dire de but en blanc que ma fille ne donnait plus signe de vie. Il s'est un peu renfermé. Avant l'atterrissage, il m'a dit :
— Si vous voulez manger du globicéphale, je peux vous donner une bonne adresse.

Je lui ai répondu que je ne savais pas ce que c'était et, pour une raison que j'ignorais, ça a eu l'air de le décrisper. Quand j'ai entendu le train d'atterrissage sortir, l'avion était encore enveloppé dans une sombre masse nuageuse. Une imposante falaise noire a surgi à hauteur du hublot. C'était brutal. J'ai sursauté et instinctivement serré mon violoncelle dans mes bras. Mon voisin m'a regardé d'un air goguenard. J'ai ajusté la sangle qui le maintenait contre le dossier du siège pour faire bonne contenance.

L'aéroport ne comptait qu'une courte piste. Il était tel que je me l'étais imaginé, une infrastructure minimaliste et quasi déserte. Après avoir récupéré mon bagage, je suis monté dans un bus rouge desservant Tórshavn, la capitale de l'archipel, distante d'une cinquantaine de kilomètres. Nous avons longé un lac puis traversé un village à l'architecture et aux couleurs nordiques. Au sortir d'un long tunnel, la brume s'est déchirée, dévoilant une combe glissant jusqu'à la mer. Sur le flanc du coteau qui nous faisait face, j'ai remarqué des prés de fauche très pentus, puis une ferme. Le ciel avait la couleur du bras de mer qui s'avançait dans les terres. Avant de descendre vers Tórshavn, la route dominait la ville et l'océan. Balayée par des nuées, la baie s'ouvrant sur l'Atlantique nord m'est apparue aussi primitive que spectaculaire. Nous sommes arrivés peu avant midi, après une heure de route. J'ai traîné ma valise dans des rues désertes et ventées, mon violoncelle sur le dos, sous un crachin froid, jusqu'à un hôtel situé près du port. J'étais fatigué et frigorifié. Le type de l'accueil m'a regardé d'un air dubitatif.

— Raphaël Chauvet. Je vous ai appelé depuis l'aéroport.

— Soyez le bienvenu, monsieur Chauvet. Je vois que vous êtes musicien.

— Oui, mais vous n'avez pas à vous inquiéter.

— Ce n'est pas du tout ce que je voulais dire. Vous savez, les touristes sont assez rares à cette époque de l'année. Le tribunal est tout près de l'hôtel et il y a une audience prévue après-demain, alors je me demandais si vous étiez là… pour ça.

Il affichait un sourire embarrassé. Je n'ai pas cherché à en savoir plus. Je n'attendais qu'une chose, prendre une douche et enfiler des vêtements secs.

Dans ma valise, j'ai eu du mal à trouver des fringues propres. J'ai fait le tri, entre ce que j'allais devoir laver et ce que je prévoyais n'être d'aucune utilité sous le climat féroïen, tout en m'interrogeant sur la conduite à tenir. Nathalie ne m'avait pas rappelé et je ne savais pas bien quoi en penser. Je suis sorti avec en tête l'idée d'aller questionner la police. Ils avaient peut-être des éléments nouveaux à me communiquer. En passant devant un restaurant, l'odeur sortant des cuisines m'a rappelé que je n'avais rien avalé depuis la veille. Je suis entré manger. J'en suis ressorti avec une note salée et l'adresse du poste de police, situé près d'un centre commercial.

Le bâtiment semblait récent. La façade était couverte de claustras en bois, mais cela ne pondérait que modérément son caractère austère. On m'a fait patienter pendant près d'une demi-heure dans un silence pesant, sur une chaise métallique inconfortable mais qui se voulait assurément design. Puis le même flic qui m'avait demandé de patienter est revenu vers moi pour me dire qu'il n'y avait personne pour me recevoir, que leurs services étaient débordés, «rapport à l'audience» – après le réceptionniste de l'hôtel, c'était la deuxième fois que l'on me parlait de cette audience. J'ai insisté, en vain. Le gars m'a dit de repasser en fin de semaine, le vendredi ou le samedi matin «parce que l'après-midi nous sommes fermés», que ce serait plus calme. J'ai perdu le mien, de calme. Le flic m'a dit qu'il était inutile de m'agiter, que les agents comme lui étaient à peine plus nombreux que les cellules du centre pénitentiaire et que ce dernier n'en comptait que douze.

Je suis sorti avec une enclume sur les épaules. J'étais atterré et déboussolé. Fatigué aussi. Une pluie fine et froide avait lustré le bitume. Je suis allé m'abriter dans le centre commercial. J'ai déambulé dans les allées dans une tension extrême. Je cherchais comment j'allais bien pouvoir occuper utilement les heures à venir. Je réalisais que je n'avais aucune idée de ce qu'il convenait de faire, que j'avais tout misé sur ma rencontre avec les autorités locales. En regardant des portraits exposés dans la vitrine d'un photographe, je me suis dit que je devais commencer par ça, exposer le visage de Maude sur des affiches. J'ai fait agrandir une photo sur laquelle j'ai fait insérer numériquement son nom, mon téléphone et la mention «Disparue». Ça m'a bouleversé de faire ça. Elle matérialisait l'absence, l'attente et l'angoisse. Le type m'a posé un tas de questions, auxquelles j'ai répondu sans filtre. Avant de quitter les lieux, je me suis acheté un imperméable avec capuche et j'ai placardé un de mes avis de disparition sur la porte d'entrée du centre commercial. Je suis rentré en marchant sous la pluie. J'aurais pu, comme à l'aller, monter dans un bus, mais j'avais besoin de mouvement. Je pensais à Nathalie qui me laissait une nouvelle fois sans nouvelles et à l'ex-copain de Maude, ce petit con qui ne faisait pas la différence entre une rupture amoureuse et une disparition. C'est en m'imaginant le rouant de coups, comme au théâtre de Guignol, que j'ai pensé au consulat. Je ne sais pas pourquoi ça m'est venu à ce moment-là. Nathalie m'avait dit l'avoir contacté. Il ne m'a pas été facile de trouver le numéro, à croire qu'ils ne souhaitaient pas être dérangés. Un répondeur m'a invité à rappeler aux heures d'ouverture ou, en cas d'urgence, à laisser un message explicite, un nom et un numéro de téléphone. J'ai dit :

— Raphaël Chauvet, c'est au sujet de ma fille, Maude. Mon ex-femme vous a signalé sa disparition il y a une semaine maintenant. Je suis à Tórshavn. Il faut que je vous voie, c'est urgent.

J'ai donné mon numéro et j'ai raccroché. Après ça, la pluie m'a semblé plus froide, le ciel plus sombre.

Pour tromper mon inaction, je suis allé laver mon linge dans une laverie assez éloignée de l'hôtel. Cinq types patientaient devant les machines en buvant des bières. Des sportifs. Dans leurs paniers, il y avait un tas de maillots et des shorts dans un état qui aurait mis en panique n'importe quelle blanchisseuse. Je les ai salués puis j'ai enfourné mon linge sale dans un tambour libre. J'ai collé une de mes affichettes sur la porte avant de m'installer devant le hublot et de regarder l'hypnotique kaléidoscope de mes vêtements. La sonnerie de mon téléphone m'a tiré de ma torpeur.

— Monsieur Chauvet ?
— Oui.
— Je suis Simone Joensen, consule de France pour les îles Féroé.
— Merci de me rappeler. Avez-vous des nouvelles de Maude ?
— Non, malheureusement. Vous comptez assister à l'audience ?

C'était une affirmation plus qu'une question. À peine engagée, la conversation avait pris une drôle de tournure et ça m'a mis mal à l'aise.

— Je ne comprends pas.
— Pouvons-nous nous retrouver demain pour parler de cela, disons à quinze heures ?
— Oui, c'est noté. Mais…
— Mon bureau se trouve à Funningsfjørdur, c'est sur l'île d'Eysturoy. Il y a des bus qui font la liaison depuis Tórshavn, mais il faut accepter de marcher un peu. Peut-être avez-vous loué une voiture ?
— Non, mais j'aime assez marcher. Votre adresse ?
— Vous n'aurez qu'à demander en arrivant au port, c'est à deux pas. À demain, monsieur Chauvet.

Elle a raccroché sans même avoir prononcé le prénom de ma fille. C'était plutôt rugueux comme premier contact. J'ai demandé aux gars qui étaient là quelle audience se tenait le lendemain. Ils m'ont fixé bizarrement. J'ai pensé qu'ils ne parlaient peut-être pas anglais, couramment utilisé chez les jeunes, pour ce que j'avais pu constater. Le plus petit d'entre eux m'a répondu dans un anglais maîtrisé, mais au vocabulaire plus proche de celui des quartiers malfamés de Londres que de celui d'Oxford :

— Des putains d'enfoirés de militants vont être jugés. Ils viennent ici pour nous cracher à la gueule et nous dicter leur loi. Ça me débecte. C'est qui sur ton affiche ?

— Ma fille.

— Celle qui a disparu après le *grind* de Vidvík ?

— Peut-être bien. C'était il y a une semaine. Vous la connaissez ?

Je n'ai pas cherché à savoir ce qu'était un *grind*. Je m'en foutais. Ce qui était important, c'était de retrouver Maude au plus vite. Juste ça, et dans mon esprit ça devait suffire à concentrer l'attention de chacun. Les gars ne m'ont pas répondu. Ils m'ont regardé comme on observe un huissier opérer une saisie. Puis ils ont conversé en me lorgnant de façon peu amène. Le féroïen m'était aussi abscons que l'araméen, pourtant j'avais la certitude qu'ils parlaient de moi. Mal à l'aise, je suis sorti faire un tour pendant que mon linge séchait. En rentrant, je l'ai trouvé éparpillé dans la rue. Une de mes chemises était accrochée à l'enseigne lumineuse de la laverie, flottant comme un étendard. La photo de Maude avait été arrachée. J'ai ramassé mon linge souillé. La nuit était tombée. J'ai regardé l'immensité noire, froide et désolée de l'Atlantique nord qui grondait au loin. Je me suis senti affreusement loin de chez moi. L'angoisse m'a saisi violemment. La peur aussi.

4

J'ai joué une suite pour violoncelle de Bach. La première. Le prélude un peu trop nerveusement, trop haché. C'était le morceau favori de Maude quand elle était enfant. Elle ne s'en lassait jamais. Les enfants ne se lassent pas, ils peuvent regarder cent fois le même dessin animé, lire le même livre, écouter la même chanson, jusqu'au jour où ils l'exècrent. D'un coup, comme ça, sans transition. Ils oublient ce qu'ils ont aimé et n'y reviennent plus. Je n'ai jamais su faire ça, abandonner ce que j'ai aimé sur le fil du temps pour écrire une nouvelle partition. Dans mon esprit, rien n'a jamais été pur, surtout le présent. Les bonheurs que j'ai eus, je les ai toujours sentis monter en moi a posteriori. J'avais beau m'évertuer à vouloir changer de mélodie, celle de la mélancolie était la plus tenace. Elle a poissé mon existence. L'exception, c'était quand je jouais. Jouer a été dans ma vie ce que la colophane est au violoniste : la substance sans laquelle la magie n'opère pas.

J'aurais pu poursuivre jusqu'au bout de la nuit. Les six suites en enfilade. Mon Mirecourt m'apaise. L'avoir dans mes bras me transporte vers des contrées connues et salvatrices. Lui et l'infime odeur de pin de mon archet, où je retrouve les senteurs chaudes et sucrées des vacances avec Maude. Les fragrances de la pinède qui dégringolait jusqu'à la plage. Celles de la sieste aussi, dans les hamacs tendus entre deux troncs rugueux et voûtés qui transpiraient des perles ambrées délicieusement odorantes. En quelques jours, la peau de Maude prenait la même teinte, s'imprégnait du même parfum. C'était le temps des amis, des concerts improvisés à la lumière de lampions, le temps des attentions et des caresses de Nathalie aussi. Si le bonheur devait avoir une odeur, ce serait celle-là.

Je me suis réveillé mi-inquiet mi-enfiévré par la rencontre à venir avec la consule. Il me semblait que cela allait marquer le point de départ de quelque chose et en cela je ne me trompais pas. Elle avait de toute évidence des informations à me communiquer. Rien de sensationnel, je le pressentais, parce qu'elle aurait pris les devants en nous appelant, Nathalie ou moi, mais quelque chose comme une piste ou une boussole susceptible de nous donner l'axe de Maude.

J'ai demandé un plan de l'archipel à la réception pour situer la ville où habitait la consule. Ce n'était pas la porte à côté. N'ayant rien d'autre à faire, je suis sorti pour rejoindre la gare routière. Sur le port, il y avait un groupe d'une trentaine de personnes, assez jeunes pour la plupart, qui scandaient des slogans prônant la défense des baleines et la relaxe de militants. Le vent soufflait fort et les banderoles claquant dans l'air disaient avec virulence ce que l'on ne pouvait y lire. Le rassemblement était encadré de près par les forces de l'ordre. La police avait dû recevoir des renforts pour l'occasion parce qu'il y avait autant de flics que de manifestants. Plusieurs médias couvraient l'événement. Une dizaine peut-être. Je ne comprenais pas bien pourquoi une poignée de journalistes et quelques militants pouvaient faire l'objet d'un tel intérêt pour les autorités locales.

Dans l'autocar, nous étions deux. Trois avec le chauffeur, un type taciturne à qui j'ai montré le nom de la ville sur ma carte et qui a acquiescé d'un vague hochement de tête. L'autre passager était une jeune fille aux cheveux bleus. Elle s'est assise à ma hauteur, de l'autre côté du couloir. Elle semblait en butte à des tourments particuliers. Elle a extrait d'un sac en laine à peine cardée un oiseau gris-noir gros comme un merle, soigneusement ficelé, qu'elle a posé sur ses genoux. Après l'avoir caressé quelques minutes, elle a entrepris de lui planter méthodiquement des aiguilles dans les flancs. L'oiseau avait le cou bien droit et semblait parfaitement vivant, si ce n'est qu'il ne manifestait aucune opposition au supplice que l'adolescente lui infligeait. Je ne sais quelles forces occultes elle sollicitait en transformant le pauvre volatile en pelote à épingles, peut-être bien que cela avait à voir avec un culte norrois, quoi qu'il en soit c'était perturbant. Par les vitres, un paysage désolé défilait. Désolé, vide et oppressant comme l'était l'atmosphère dans l'autocar. Des montagnes abruptes couvertes d'une herbe rase. Un océan déchaîné omniprésent et un vent constant qui faisait rageusement tanguer notre refuge ambulant. Quelques moutons apparaissaient ici ou là. Une maison aussi parfois, et je me demandais quelles fautes avait bien pu commettre le propriétaire pour être condamné à vivre là. «Maude, où es-tu? Tout est si vaste, si abrupt, si froid, si humide. Où est ton abri, Maude, parce que sans abri il n'y a aucune chance de survivre ici.» J'avais dû parler à haute voix parce que j'ai croisé, dans le rétroviseur, le regard ironique du type qui était au volant.

La jeune fille est descendue à l'instant où il s'est mis à pleuvoir. Elle a relevé sa capuche, a adressé un mot au chauffeur avant de s'engager dans un chemin qui menait Dieu sait où. Dans le car, la tension était palpable. Les essuie-glaces peinaient à frayer leur chemin dans les flots de vagues bruyantes. Le conducteur pestait. Nous avons roulé comme ça pendant encore une demi-heure, quasiment sans visibilité.

Le chauffeur s'est arrêté à une intersection au milieu de rien, si ce n'est une large flaque d'eau que le vent tentait d'effacer, puis il a ouvert la porte en me faisant signe de sortir. Je me suis levé et je lui ai une nouvelle fois montré ma carte, qu'il n'a pas daigné regarder. Sitôt descendues les deux marches, la porte s'est refermée en soupirant et l'autocar a crachoté avant de disparaître. J'avais de l'eau jusqu'aux chevilles. J'ai relevé ma capuche et je me suis mis en route en me disant qu'il n'y avait rien dans le coin qui dise la proximité d'une quelconque ville. J'ai marché, face au vent et à la pluie, sur une route étroite qui s'étirait au fond d'un vallon. Après mes chaussures, c'était à mon tour de prendre l'eau. Je n'étais pas assez couvert pour affronter les bourrasques glaciales qui me transperçaient jusqu'aux os. Le paysage était aussi affligeant d'un côté que de l'autre, pour autant que je pouvais en juger. Je n'avais aucune idée de la distance que j'allais devoir parcourir. J'ai tiré une nouvelle fois la carte de ma poche afin de me faire une idée de l'endroit où je me trouvais, mais le vent me l'a arrachée des mains à peine dépliée. Je l'ai regardée s'élever et tournoyer, fugace trait de couleur dans un paysage monochrome. Le froid me tétanisait. J'ai espéré qu'une voiture vienne à passer, mais ce ne fut pas le cas. L'avion est un piège : en une poignée de minutes, on passe d'un monde à un autre en pensant machinalement que celui où l'on pose les pieds n'est que la continuité de celui que l'on vient de quitter. Après une brève montée, j'ai aperçu quelques maisons au bord d'un fjord. Les sommets étaient blancs, la mer couleur ardoise et écumante. C'était d'une sidérante désolation.

En entrant dans le village, un panneau jaune indiquait : «Funningsfjørdur». Je suis descendu jusqu'au port, de plus en plus sceptique quant à la possibilité d'y trouver une représentation française. Il était désert. La météo n'engageait, il est vrai, aucunement à mettre le nez dehors. Un écriteau indiquait, en féroïen et en anglais, que c'était une ancienne station baleinière et que l'activité avait cessé quand la ressource s'était raréfiée. Je me souviens m'être dit que c'était tout l'homme, ça, appeler «ressource» des mammifères aussi paisibles et inoffensifs que les baleines à bosse, ou les rorquals communs, comme on le fait avec le gaz ou le blé – mais, après tout, on parle bien de «ressources humaines» ; ça m'a toujours semblé dénué d'humanité, une expression pratique pour enlever à tout être son droit à la vie et ne retenir que sa rentabilité économique. À deux pas de là, j'ai aperçu un panonceau en laiton comme on en trouve sur les façades des offices notariaux. Il était fixé sur une maison semblable à ses voisines architecturalement parlant, parce qu'elles avaient toutes une couleur différente. Je me suis approché. Sous les armoiries de la République, il était écrit : «Consulat de France». J'ai sonné, à plusieurs reprises, mais il n'y a pas eu de réponse. Je tremblais de froid. Ma montre indiquait quatorze heures trente. J'étais en avance. J'ai pris une ruelle qui remontait vers le haut du village en espérant trouver un café. Il y avait là d'anciennes bâtisses avec un toit en herbe, mais rien qui ressemble à un café. J'ai fini par m'abriter sous le porche d'un hangar et j'ai patienté en écoutant le vent gémir tout en regardant la neige farder le sommet des montagnes abruptes qui se dressaient sur les rives du fjord.

La femme qui m'a ouvert avait une soixantaine d'années. Elle m'a accueilli avec la même chaleur que la météo du jour. Elle portait un strict corsage blanc sous une veste matelassée vert sombre avec un écusson brodé au fil d'or qui disait son titre. J'ai retiré mon imperméable dans le vestibule. Elle m'a demandé de quitter mes chaussures et d'enfiler une paire de sandales en laine avant de me conduire jusqu'à son bureau. Cette maison était la sienne, elle sentait la térébenthine. J'ai espéré un instant qu'elle me propose un café ou un thé brûlant, mais cette idée n'avait germé que dans mon esprit. Elle m'a invité à m'asseoir sur une chaise installée en face de son bureau massif, mais à bonne distance, puis elle a caressé son sous-main en cuir bordeaux avant de m'asséner :

— Qu'est-ce qui vous amène ici, monsieur Chauvet ?

Le froid était partout en moi. Un courant d'air plus glacial encore m'a étreint.

— Je ne vous suis pas, c'est bien vous qui m'avez rappelé en me demandant de passer vous voir ?

— Je veux dire, qu'attendez-vous de moi ?

— Comment cela ? Ma fille, Maude, a disparu depuis plus d'une semaine maintenant et j'attends que vous fassiez tout ce qui est en votre pouvoir pour la retrouver !

— Savez-vous ce qu'elle faisait ici ?

— Oui, bien sûr. Elle était en vacances avec son ami.

— Votre fille était ici avec un groupe de militants de l'ONG Ocean Kepper. Ils se sont mis hors la loi en tentant d'entraver le bon déroulement d'un *grindadráp*. Ils sont accusés de trouble à l'ordre public, d'entrave à la chasse aux globicéphales, enfreignant ainsi une loi féroïenne autorisant cette pratique ancestrale, et de violences envers des chasseurs. L'un d'entre eux est toujours entre la vie et la mort à l'heure où nous parlons. Le jugement a lieu en ce moment même, à Tórshavn. Votre fille, comme d'autres militants sur place ce jour-là, semble impliquée dans cette agression. La police dit avoir des vidéos. Ce serait bien qu'elle vienne s'expliquer.

C'était la deuxième fois en deux jours que l'on me parlait de globicéphales, alors que moi je ne souhaitais qu'une chose, une seule, que l'on me donne des nouvelles de Maude.

— Vous insinuez qu'elle pourrait se cacher pour échapper à la justice ?

— Je veux dire que si vous avez des informations la concernant, il faut les donner à la police sans attendre.

— J'en ai aucune, malheureusement, sinon je ne serais pas ici. Pour le reste, je ne crois pas que l'on puisse demander à un père de faire ça.

— Je ne suis pas sûre que vous compreniez bien la situation. Savez-vous ce qu'est le *grindadráp*? En avez-vous entendu parler?

— Non, pas que je me souvienne.

— C'est une chasse traditionnelle, une sorte de chasse à courre, pour faire une comparaison avec ce qui se pratique chez nous, à la différence près que les bêtes que l'on accule sont des globicéphales, plus connus sous le nom de «baleines pilotes». La population est très majoritairement favorable à cette chasse ancestrale. Elle était autrefois vitale pour les familles qui vivaient sur ces terres dans le dénuement le plus total. Ces moments sont très ancrés dans la culture féroïenne et ils contribuent à maintenir des liens sociaux entre îliens.

— Je ne vois pas bien où vous voulez en venir.

La chasse à la baleine n'était pas ma préoccupation première, c'était même, à ce moment-là, le cadet de mes soucis.

— Monsieur Chauvet, je vais être directe. Certaines ONG ont fait beaucoup de tort à cet archipel ces derniers temps en fournissant des images de *grindadráp* à plusieurs médias étrangers. Cela a été vécu comme une ingérence. L'accès aux plages est réglementé pendant les jours de *grind* et personne n'est autorisé à photographier ou filmer. C'est une chasse très organisée. Quatre-vingt-dix pour cent de l'économie des Féroé reposent sur la pêche, mais le gouvernement actuel compte bien jouer la carte du tourisme. Les chasseurs sont très remontés contre tous ceux qui s'élèvent contre cette pratique ancestrale. Les îles Féroé sont très sûres, avec un taux de criminalité très bas, mais dans le contexte actuel je ne vous cache pas que je suis inquiète et que j'aimerais que la police mette rapidement la main sur votre fille.

— Avant les chasseurs de baleines, c'est ce que je dois comprendre ?

Il y a eu un moment de silence. Puis la consule s'est levée et est venue se positionner devant son bureau.

— De vous à moi, les Féroïens sont accueillants, mais un environnement difficile, souvent hostile a, au fil du temps, forgé des hommes qui lui ressemblent. Je vais vous donner un conseil : rentrez chez vous, monsieur Chauvet, vous n'avez rien à faire ici, laissez la police faire son travail.

Je me suis levé à mon tour, affligé. Piqué au vif aussi. Sans se départir de son air rogue, elle a ajouté :

— Je vous invite à communiquer avec votre ex-femme, elle m'appelle tous les jours.

— La communication a été coupée il y a bien longtemps. Savez-vous quel est le dernier endroit où Maude a été vue ?

— Dans la baie de Vidvík. C'est sur l'île de Vidoy, mais ne comptez pas y aller, elle n'est accessible que par la mer, l'été, les jours de beau temps. Mon mari se rend à Klaksvík, je peux lui demander de vous déposer à Nordragøta si vous le souhaitez.

J'ai répondu : « Oui, je veux bien », sans même chercher à savoir où ça se trouvait. J'étais si sonné que j'aurais été bien incapable de refaire le chemin qui m'avait conduit jusqu'au village.

5

Le mari de la consule m'a de prime abord semblé être un homme avenant. Il m'a rapidement confié être né dans la maison où sa femme exerçait. En chemin, il m'a dit :

— Je suis au courant pour votre fille. Les enfants finissent toujours par nous échapper, mais c'est le rôle d'un père que de ne pas se détourner d'eux, quoi qu'ils fassent, quoi qu'il en coûte.

Je n'ai pas bien saisi le fond de sa pensée.

— Vous faites référence à quoi, à son engagement contre les *grindadráps*?

— Ce n'est pas un sujet que l'on doit appréhender à la seule jauge du sang versé. Les jeunes Occidentaux ne connaissent plus l'exaltation du prédateur, celle qui coulait dans les veines de nos ancêtres.

Je lui avais rapporté les mots de sa femme concernant les chasseurs de baleines et ça l'avait fait sourire.

— Il est difficile d'appréhender l'esprit de la chasse sur le tard, surtout quand on est issu d'un milieu qui n'a jamais eu besoin de s'y adonner.

Je n'aurais su dire s'il me pointait du doigt en faisant cette remarque ou si elle s'adressait à sa femme.

— Je ne suis effectivement pas chasseur. Pour occuper mes journées et apaiser mon esprit, je préfère la musique.

— Violoncelliste... C'est une formidable passion.

— Vous êtes bien renseigné. Ce n'est pas seulement une passion, c'est aussi ma profession.

— Ma femme parle même quand elle dort... C'est assez tranquille par ici, et les chasseurs de dauphins et de baleines sont des hommes comme les autres.

Je n'étais pas franchement convaincu par son affirmation, mais je n'ai pas voulu m'engager sur ce terrain.

Il m'a déposé à l'arrêt d'autocar. C'était un grand parking venteux et désert flanqué d'un abribus fermé sur tous les côtés. Avant que je descende, il m'a dit :

— Je vous offre une aquavit avec une bière pour vous réchauffer ?

— Merci, c'est très aimable, mais je préfère rentrer et filer prendre une bonne douche.

— Je comprends ça. J'aurais pourtant juré avoir entendu ma femme dire le contraire... Je suis un *grindaformenn*, c'est-à-dire que je dirige les opérations lors des *grindadráps*. Venez donc faire un tour à l'occasion. Vous verrez, il y a beaucoup de jeunes gens qui y participent. C'est beau à voir, cet esprit pionnier qui perdure jusque dans les gestes ancestraux. C'est beau et bien loin de ce que ces impérialistes d'*eco warriors* voudraient laisser entendre.

J'ai regardé la voiture s'évaporer dans la brume. Le vent s'est engouffré dans ma capuche et m'a brusquement tiré en arrière. Il y avait une station-service un peu plus loin. Je m'y suis précipité pour me mettre au chaud et demander l'horaire de l'autocar pour Tórshavn. J'avais une demi-heure à perdre. J'ai patienté devant un rayon de bidons d'huile et de bottes fourrées. Les bottes me faisaient envie parce que j'avais froid aux pieds, mais elles étaient moches et je ne me voyais pas me promener avec toute la journée. De toute façon, le froid était en moi. Mon sang ne devait plus être autre chose qu'un liquide frigorifique. Je n'ai pas tergiversé longtemps avant d'en trouver une paire à ma taille. Je les ai enfilées, puis je me suis installé devant la vitrine et j'ai regardé la nuit tomber. Je n'étais pas bien. Vraiment pas. Pour un tas de raisons qui se chevauchaient. J'avais le traître sentiment de m'être fait balader de bout en bout. J'en ai oublié de vérifier l'heure. C'est le gars de la station qui m'a interpellé en me lançant :

— Vous allez rater votre car.

Je l'ai remercié et suis sorti en courant. Il n'y avait encore une fois personne à bord. Je me suis installé en me demandant si le mari de la consule avait réellement sous-entendu que j'étais alcoolique, si cette conversation avait bien eu lieu ou si elle avait germé dans les terreaux fertiles que sont la fatigue, l'angoisse et la rudesse du climat. La jeune fille aux cheveux bleus croisée dans ce même autocar quelques heures plus tôt m'est revenue à l'esprit et j'en ai déduit que ces descendants de Vikings avaient dans les veines une rudesse qui ne se lisait pas sur leurs traits.

Je suis rentré à l'hôtel épuisé et fiévreux. Le port avait retrouvé son calme et ça m'a contrarié. J'ai avalé deux Doliprane avant de me précipiter sous la douche. Il m'a fallu un peu de temps pour me réchauffer. Sur les parois couvertes de buée, j'écrivais : « Maude, où es-tu ? » Je l'inscrivais au fur et à mesure que l'humidité brûlante l'effaçait.

Je suis sorti de l'hôtel vers dix-huit heures. Il faisait nuit noire. Le vent soufflait toujours avec virulence. Les rues étaient quasi désertes. Prendre contact avec les membres de l'organisation pour laquelle Maude militait était devenu ma priorité. Je suis allé chercher du côté du tribunal, mais le flic en faction m'a dit qu'il n'y avait plus personne et que le procès reprendrait le lendemain à dix heures. J'ai fait le tour des bars de la ville, mais quand ils n'étaient pas fermés, ils étaient sur le point de baisser le rideau. Rétrospectivement, je me dis qu'il était stupide d'imaginer trouver ces militants tranquillement accoudés au comptoir en train de converser devant un verre. En passant devant une enseigne de restauration rapide, je me suis acheté un burger et je suis rentré à l'hôtel.

J'ai sorti mon Mirecourt de son étui, tiré sa pique, puis je l'ai installé face à moi. Ensuite, j'ai cherché des infos concernant le *grindadráp* sur le Net. J'avais bien une petite idée de ce que pouvait être une chasse à la baleine, mais je me suis vite aperçu que j'étais loin du compte. En mangeant, j'ai raconté ma journée à mon violoncelle. Je faisais souvent cela, quand je trouvais mon appartement trop vide et trop silencieux. Il s'en foutait, Mirecourt, que je me sois gelé les couilles pour rencontrer des gens qui pointaient les fautes de Maude à défaut de pouvoir me dire quels moyens ils avaient mis en œuvre pour la retrouver, mais ça m'aidait à réfléchir. Je lui ai dit qui était Maude, la cause qu'elle défendait. Je lui ai dit aussi qu'elle avait tenté d'empêcher la mise à mort de baleines pilotes lors d'une chasse traditionnelle, que c'était très courageux et que j'étais fier d'elle parce que je n'avais jamais su faire ça. Je lui ai parlé tradition – question tradition, Mirecourt, il en connaît un rayon, lui qui est né entre les mains d'un maître luthier au début du XXe siècle, suivant des plans datant du XVIe. On était d'accord pour dire qu'il en allait du *grindadráp* comme des religions : ils invitent une communauté à se livrer à des rites, en dehors de toute logique, dans le seul but de rendre la barbarie respectable au nom de ce qui serait sacré. Je lui ai confié que la musique et les arts devraient être enseignés au même titre que les sciences et les mathématiques parce qu'ils en appellent à l'intelligence existentielle. Ils sont les archets qui font vibrer les cordes de nos émotions, offrant ainsi la capacité à déceler dans tout être vivant, dans toute vie un état magique et fugace qu'il convient de respecter comme tel. Ce pourrait être un bon rempart à ce genre de pratique sanglante et moutonnière. Il a semblé être en phase avec moi.

Cette conversation avec mon violoncelle m'a rasséréné. J'ai tenté d'appeler Nathalie. Cette fois, elle a répondu.

— Je t'ai laissé un message. Il faudrait que nous communiquions un peu plus.

— Je sais que tu es allé au consulat. Tu gobes les mots de la consule comme un communiant son catéchisme. Je l'emmerde. Je l'appelle et l'appellerai autant que nécessaire. Si cette connasse trouve que c'est trop fatigant de me répondre, elle n'a qu'à changer de job !

— Calme-toi, ce n'est pas si grave.

— Elle devrait remuer ciel et terre pour retrouver Maude ! Au lieu de cela, elle pérore le cul derrière son bureau, et toi tu ne trouves pas ça grave ?

— C'est compliqué ici... Tu savais que Maude militait pour la défense des baleines pilotes ?

— Pour un tas d'autres choses encore. J'ai tout fait pour l'en dissuader, qu'est-ce que tu crois ? Qu'elle gâche ses vacances et son argent pour défendre des poissons me consterne. Je lui disais que cela pouvait être dangereux, et maintenant, tu vois le résultat ?

— Des mammifères, pas des poissons. C'est pour ça que vous étiez en froid ?

Elle m'a répondu par un silence glaçant.

— Est-ce que tu as des infos concernant son ami ?

— Son ex. Les flics sont passés chez lui, mais il n'y était plus. Ses parents disent ne pas savoir où il est allé.

— Les camarades de Maude sont actuellement jugés ici, à Tórshavn. Maude aussi probablement.

— Je sais. Plutôt que de la juger, ils feraient mieux de la retrouver !

— C'est ce que je me suis dit, mais j'irai au tribunal demain. Je veux rencontrer les gens présents avec elle ce jour-là.

— Et pendant ce temps, elle fera quoi, Maude ? Là, maintenant, pendant qu'on parle, elle fait quoi ? Moi j'entends ses suppliques. Je l'entends pleurer et m'appeler parce que je ne peux pas imaginer qu'elle soit morte. Et toi, est-ce que tu l'entends ?

Elle a raccroché. J'ai rangé mon violoncelle dans son étui et je suis descendu au bar de l'hôtel.

6

Il était tôt. Une lumière jaune baignait le port comme une lampe frontale bouscule l'aube hésitante. Le ciel en rémission était bleu pâle. La mer étale glanait de-ci, de-là quelques fragments colorés. C'était réconfortant de quitter les brumes obscures de la nuit et de marcher sur les quais en regardant les bateaux endormis. Je pensais être très en avance, mais il y avait déjà de l'agitation devant le tribunal. J'ai abordé un groupe de personnes affichant « GrindStop » sur leur parka au logo d'Ocean Kepper. Les visages étaient fermés. Je me suis présenté et n'ai reçu en retour que des sourires polis. Il y avait de la tension dans l'air. J'ai interrogé une jeune femme près de moi :

— Qu'est-ce qui se passe ?

— Des militants ont été agressés cette nuit. L'un d'entre eux a été blessé. On est sans nouvelles d'un autre, Alan. J'ai fait équipe avec lui, il est de Seattle, c'est un mec incroyable. Ça devient dangereux d'être ici sous l'étiquette d'Ocean Kepper. C'est inacceptable ! Vous êtes qui, vous ?

— Je suis le père de Maude, Maude Chauvet. Vous voyez qui c'est ?

— La fille qui a disparu lors du dernier *grind* ?

— Oui, c'est ça.

— Je ne la connais pas plus que ça, mais je vais aller chercher Martha, elle ne doit pas être bien loin. Elles ont été vigies ensemble. Bougez pas!

Elle est revenue accompagnée d'une jeune femme à la démarche vive. Elle avait de longs cheveux bruns frisés et emmêlés et, sous cette coiffure de sauvageonne, un visage dur et un regard à l'avenant. Elle a cependant esquissé un sourire.

— C'est vous le violoniste?

— Violoncelliste! Oui. C'est Maude qui vous a dit ça?

— Qui d'autre?

— Elle vous parlait de moi?

— Non, elle m'a juste dit que son père était concertiste.

Ça m'a fait un bien fou d'entendre cela.

— Vous étiez avec elle le jour où elle a disparu?

— On a passé dix jours ensemble, sur les falaises, à guetter les bancs de baleines pilotes.

— Je croyais qu'elle était avec son ami, Tomo... Son nom de famille m'échappe.

— Jelenc. Un Slovène. Oui, il était là aussi.

— Vous savez pourquoi ils se sont séparés?

Elle m'a regardé en plissant le front en signe d'incompréhension.

— Je ne savais pas qu'ils n'étaient plus ensemble.

— Qu'est-ce qui lui est arrivé?

— Qu'est-ce que j'en sais, moi. Les gens se séparent pour tout un tas de raisons.

— Le jour du *grindadráp*, je veux dire.

— Le jour du *grind*, Maude s'est éloignée un instant du groupe, pour avoir une vue plus large de la scène avec sa GoPro j'imagine. Les chasseurs nous insultaient, nous bousculaient, nous jetaient à l'eau, mais on est restés calmes. On était là pour tenter de sauver baleines et dauphins, mais on n'a rien pu faire. À un moment, les chasseurs ont sorti un homme de l'eau. Le type avait dû faire un malaise et disparaître dans la masse visqueuse du sang des baleines. Ils ne l'ont pas vu tout de suite. Quand ils l'ont ramené sur la plage, le gars ne respirait plus. Les chasseurs ont essayé de nous mettre ça sur le dos en disant que nous l'avions agressé, mais c'est faux. Il avait probablement fait un malaise comme je l'ai dit, mais il avait tout aussi bien pu se blesser avec son couteau. Comment savoir dans un tel déchaînement de violence ? Il est resté allongé pendant un long moment avant qu'un hélico vienne le chercher. Trois personnes se sont occupées de lui. Puis les flics ont débarqué dans la baie. Enfin, pas des flics, des militaires. On a tous couru, chacun de notre côté, mais ils étaient trop nombreux et ils avaient les chasseurs avec eux. Nos bateaux ont été saisis. On nous a ramenés au port de Vidareidi. Là, on a bien vu que Maude n'était pas dans le groupe, mais on a tous pensé qu'elle avait réussi à se barrer. Ils nous ont placés en garde à vue. On était une vingtaine. La plupart ont été reconduits à l'aéroport le lendemain, comme Tomo. Les autres, comme moi, on a été relâchés trois jours plus tard, avec interdiction de quitter le territoire et confiscation de nos passeports. C'est à ce moment seulement que l'équipe nous a dit ne plus avoir de nouvelles de Maude.

— C'était sur l'île de Vidoy ?
— Oui, c'est ça.
— Vous risquez quoi ?
— Ça dépendra des motifs de la condamnation ! Quelques jours de prison et une amende salée probablement.
— La consule m'a dit que Maude était impliquée dans l'agression du chasseur. Que la police avait une vidéo qui ne laissait aucun doute.
— C'est n'importe quoi ! Il n'y avait pas de flics, la baie est trop isolée. C'est même la raison pour laquelle nous pensions pouvoir y éviter le massacre. Maude était la seule à avoir son harnais et sa caméra. Les nôtres étaient HS. Personne d'autre ne filmait.
— Pourquoi un harnais ?
— Pour maintenir la caméra sur la poitrine. Ça permet d'avoir les mains libres.
— Vous savez comment elle était habillée ce jour-là ?
— Une veste imperméable noire et verte et un pantalon noir. Sous sa veste, elle a toujours une chaude doudoune bleue. Une doudoune à capuche avec du scotch gris pour boucher les trous.
— Vous pensez que quelqu'un pourrait m'accompagner là-bas ?
— Franchement, j'en sais rien. Il faudrait poser la question à Susan.
— Qui est Susan ?
— Elle dirige les opérations de terrain. C'est la nana avec le sac à dos orange.
— Encore une chose : vous savez où sont les affaires de Maude ?

— Chez les flics, je crois. J'ai entendu dire qu'ils étaient passés les récupérer.

J'ai remercié Martha et je suis allé voir Susan. J'avais la sensation de marcher un peu vers ma fille, d'avoir accroché le fil de son existence, de ne plus être dans l'expectative. Susan m'a accueilli avec chaleur. Nous nous sommes éloignés du groupe avec lequel elle conversait. Elle m'a dit d'emblée que l'organisation était mobilisée pour retrouver Maude, avant de me confier que la police locale laissait entendre que l'ONG l'avait exfiltrée – ce qui était évidemment faux –, qu'elle était désolée et comprenait que les heures qui s'égrenaient devaient être difficiles à vivre. Personne ne peut imaginer la douleur que ça représente de chercher son enfant. Qui sait de quoi sont faits les cauchemars qui font convulser mes nuits ? Il y a eu un silence. Le soleil et le bruit des bateaux manœuvrant dans le port m'ont apporté le réconfort que nul mot ne pouvait m'offrir. Susan a enchaîné par une violente diatribe contre les gouvernements féroïen et danois avant de m'exposer la teneur des débats qui s'étaient tenus la veille. Je comprenais fort bien la pression qui pesait sur elle. On a tous nos impératifs et le mien était de retrouver Maude, ça et seulement ça. Je lui ai demandé si quelqu'un pouvait m'accompagner à l'endroit où elle avait disparu. Elle m'a dit :

— Demandez à Martha. C'est une Canadienne, mais elle connaît bien le coin. Elle couvre les *grindadráps* depuis plusieurs années. Voyez ça avec elle. Dites-lui qu'elle peut prendre la Toyota de location, les pneus des voitures de l'ONG ont été crevés dans la nuit.

Elle retournait vers les personnes qu'elle avait quittées quand son téléphone a sonné. Elle a écouté deux minutes son interlocuteur puis elle a lancé :

— Il y a un *grind* qui se prépare à Hvalvík. Avec un temps pareil, il fallait s'en douter!

Je suis retourné voir Martha. Elle m'a dit :

— OK, si c'est bon pour Susan, c'est bon pour moi. Vous êtes à quel hôtel?

— Celui qui est juste en face.

— Vous avez les moyens. Allez chercher votre sac et changez-vous. Je vous attends.

— J'ai débarqué ici juste après un concert, je n'ai rien de plus adapté que ce que je porte.

— Bon, vous avez des bottes, c'est déjà ça. Si j'étais vous, je réglerais ma note. On se retrouve dans un quart d'heure devant la cathédrale, vous voyez où elle est?

— Oui, je vois, mais pourquoi ne pas se retrouver devant l'hôtel?

— Parce que je n'ai pas envie que les flics nous filent le train.

Quand elle m'a vu arriver avec ma valise et mon violoncelle, Martha a fait une drôle de tête. À peine installée dans la voiture, elle m'a demandé de désactiver la localisation de mon téléphone.

— Vous pensez vraiment que la police s'intéresse à mes déplacements?

— Vous avez toujours été aussi naïf? Ici, c'est un monde à part. Les Féroé sont une communauté autonome. Elles ne sont pas européennes et ne font pas partie de l'espace Schengen. Ici, on chasse la baleine au mépris des conventions internationales, on se contrefout des quotas de pêche et de la préservation des ressources marines. On chasse le petit pingouin, le guillemot, le puffin par milliers et on braconne le macareux. C'est un peu le dernier village viking, celui des irréductibles, et ils n'aiment pas que l'on mette le nez dans leurs affaires.

— Ça veut dire que le téléphone de Maude n'était pas localisable ?

— Non. Mais ça n'aurait rien changé.

— Qu'est-ce que vous voulez dire ?

— Maude ne s'est pas volatilisée et elle n'avait aucune raison de disparaître. L'agression du chasseur, c'est du pipeau, ça ne tient pas la route. Il y a autre chose…

— Quoi ?

— J'en sais rien…

— Vous pensez qu'elle est toujours vivante ?

— Je pense comme vous, je crois.

Nous avons roulé en silence à travers des paysages désolés, peuplés de moutons et de maisons pour Hobbits. Nous avons franchi des cols venteux, traversé des étendues désertes et basculé vers des fjords habités. Avant d'arriver à Hvalvík, nous avons longé un bras de mer. Une multitude de bateaux étaient sur l'eau. Martha a dit :

— C'est parti !

— Qu'est-ce qui est parti ?

— Vous allez bientôt le savoir. Gardez vos yeux ouverts, toujours. Ne détournez pas le regard. Il faut pouvoir témoigner avec sincérité.

J'ai pensé : « Un *grindadráp*… Merde, non, pas ça. » J'aurais aimé protester, lui dire que je n'étais pas là pour assister à une partie de chasse à la baleine, que chaque minute passée m'éloignait de Maude, mais je n'ai formulé aucune opposition. Nous nous sommes garés assez loin de la plage, que nous avons rejointe à pied. Elle s'ouvrait sur une baie splendide baignée par les couleurs chaudes d'un début d'automne frileux. L'air était cristallin. Les eaux d'un bleu froid étaient hérissées de frissons sous les risées qui dévalaient des montagnes environnantes. Leurs sommets blanchis s'y reflétaient et conféraient au fjord la pureté d'un monde neuf exhalé de la nuit.

Des hommes étaient massés sur la plage. Une trentaine peut-être. Dans leurs mains, de longues cordes de chanvre nouées à un crochet. À leur ceinture, un couteau dans un étui en bois. Certains étaient équipés de combinaisons Néoprène, mais la plupart ne portaient qu'un simple pantalon, un pull de laine ou un sweat-shirt. Derrière eux, en retrait de la plage, des hommes âgés, des femmes et des enfants. Au large, des bruits de moteurs se sont bientôt fait entendre. Une trentaine de bateaux sillonnaient la baie. Devant eux, la mer bouillonnait. Des ailerons et de jolies têtes noires et rondes sortaient de l'eau par intermittence. Des dauphins jaillissaient des flots. Les hommes s'agitaient, faisaient quelques pas en avant puis reprenaient leur place. On sentait la tension. Elle se lisait sur les visages, sur les mains qui trituraient nerveusement les grappins, les cordes, les manches des couteaux. Martha était aussi agitée qu'eux, prête à en découdre. Je lui ai demandé, avec un brin d'anxiété :

— Qu'est-ce que vous comptez faire ?

— Rien. Là, maintenant, on ne peut rien faire. Autant chercher à piquer une proie à une meute de hyènes.

Quand les baleines et les dauphins sont arrivés près de la plage, poussés par les bateaux qui coupaient toute retraite dans un concert de klaxons et de rugissements de moteurs, ça ressemblait à un bassin de pisciculture à l'heure du nourrissage. Un bouillonnement de têtes, de nageoires dorsales et de nageoires caudales fouettant l'eau. Des dizaines de baleines et de dauphins étaient là. Ils étaient pris au piège, sentaient l'inévitable échouage. Dans leurs yeux ronds, on lisait l'incompréhension et la terreur. Les mères appelaient leurs petits et les petits leurs mères. Puis ça a été la curée. Les hommes se sont précipités à l'eau en criant, plantant leurs crochets dans l'évent des baleines pilotes et des dauphins tandis que d'autres les halaient vers la plage. D'autres encore tentaient de maîtriser les plus jeunes. Les couteaux sont entrés en action. Ils frappaient les cous au niveau des évents et tranchaient, égorgeaient. Les bras s'enfonçaient profondément dans les chairs. Le sang giclait sur les visages, enivrait les hommes aux regards ardents. Les bouches des baleines pilotes s'ouvraient dans des cris de douleur, dévoilant des langues roses et des mâchoires aux dents blanches parfaitement alignées. Elles ne cherchaient pas à mordre, jamais. La souffrance les faisait rouler sur elles-mêmes, dévoilant leurs jolis ventres blancs comme l'innocence. Des fœtus sortaient des mères avortées par la terreur et la douleur. Le sang coulait, coulait et coulait encore. La mer était poisseuse et rouge. Des sifflements aigus déchiraient l'air. Des plaintes, des gémissements et des cris partout. Ils se mêlaient aux consignes hurlées par les chasseurs.

Une femelle, la gorge à moitié tranchée, a agonisé le regard tourné vers ses baleineaux éviscérés. Elle retenait son dernier souffle pour ne pas les abandonner. Elle l'a retenu un quart d'heure dans d'épouvantables souffrances. Pendant ce temps, les couteaux continuaient de s'enfoncer avec jubilation dans les corps doux et chauds... Il ne resta plus que des masses noires sans vie, flottant sur une marée écarlate, et des hommes qui hissaient les dépouilles sur la grève. Des goélands et des labbes sont arrivés en nombre. Ils piaulaient en tournant au-dessus des cadavres, cherchant à glaner leur pitance.

Ce spectacle épouvantable a duré une demi-heure. Un carnage, une boucherie, un chaos d'une violence inouïe. Pourtant, les mères restées en retrait ont gagné la grève avec leurs enfants et les ont invités à chevaucher les baleines égorgées comme elles les auraient fait monter sur les chevaux de bois d'un carrousel. Je me suis dit que le mal était là, dans cette absence de commisération inculquée à ces gamins, dans cette douleur évincée, dans ces fœtus sortant des ventres suppliciés, dans ces baleineaux, dans l'agonie de cette femelle que personne n'avait songé à abréger.

Martha m'a demandé de compter les dauphins à flancs blancs tandis qu'elle comptait les baleines pilotes. Elle a noté dans un carnet : « Quarante-six globicéphales noirs et vingt-six dauphins. » Tous les cétacés tués ce jour-là étaient des dauphins ; les baleines pilotes, « globicéphales » de leur nom scientifique, étant de la famille des delphinidés.

Nous sommes remontés à la voiture. Martha m'a dit :

— Il fallait que vous voyiez ça pour comprendre ce que nous défendons dans ces îles. Pour comprendre ce que Maude faisait ici.

Tétanisé, je n'ai rien pu verbaliser. De loin, la baie était une marée noire de sang, un monde mutilé gémissant à nos pieds. J'avais en tête la présentation que m'en avait faite la consule : elle avait comparé le sordide spectacle auquel nous venions d'assister à « une sorte de chasse à courre ». Le rapport était tiré par les cheveux. Sans doute trouvait-elle, comme son mari, une certaine noblesse à la pratique des chasses ancestrales. J'ai toujours détesté cet entre-soi bourgeois et ces veneurs chevauchant en livrée au son des cors sonnant l'hallali.

J'ai demandé à Martha ce qui allait advenir de tous ces corps. Elle m'a répondu qu'une partie était distribuée aux chasseurs et habitants du coin, mais que ces dernières années ils étaient de moins en moins nombreux à consommer leur viande à cause du mercure contenu dans les graisses. Quand il y a abondance de carcasses, ai-je ainsi appris, elles sont incinérées ou traînées au large. Même les éleveurs de saumons n'en veulent plus à cause des teneurs en PCB – des perturbateurs endocriniens hautement toxiques.

Nous avons repris la route. Le ciel s'assombrissait au fil des kilomètres. J'étais anéanti. Je n'avais soudainement plus envie de me battre. J'étais fatigué, tellement fatigué. Ce que je percevais du monde avivait l'abominable incertitude que l'on retrouve un jour Maude en vie.

Nous sommes arrivés sur l'île de Vidoy en début d'après-midi. À nouveau, il pleuvait. Sur la route côtière conduisant à Vidareidi, une brume épaisse et sombre comme les ombres vespérales est venue de la mer. Elle a rampé jusqu'à nous, occultant la lumière du jour comme une nuit polaire. Martha a dit :

— Les brouillards noirs... Il ne manquait plus que ça.

Elle m'a conduit au port. Un port minuscule éclairé par des lampadaires qui bavaient sur le quai une fade lumière jaune. Nous n'étions pourtant qu'en milieu de journée. Deux hommes déchargeaient de leur bateau de pêche non pas des caisses de poissons, mais des centaines d'oiseaux qu'ils jetaient dans des conteneurs. C'était une vision psychédélique. Les corps s'entrechoquant produisaient un affreux bruit mat et gluant. Nous avons demandé aux deux types s'il était possible de se faire déposer dans la baie de Vidvík le lendemain, en fonction de la météo, mais ça n'a pas eu l'air de les enthousiasmer. Pour dire la vérité, ils nous regardaient avec défiance. Martha m'a dit que c'était peut-être bien à cause des *huldufólk*, des sortes d'elfes qui sortent de terre les jours de brouillards noirs et que craignent tous les Féroïens, petits ou grands. Je ne pouvais leur en vouloir, moi-même je sentais mon esprit vaciller et chercher une bouée à agripper. J'avais la désagréable sensation d'être entré dans un monde dont l'usage m'échappait.

7

Nous sommes allés chez un ami de Martha qui avait une maison dans le village. Il n'y avait rien d'autre à faire que d'attendre une météo meilleure. Elle m'a dit que Niels était un des rares habitants de ces îles à militer ouvertement pour l'arrêt des *grindadráps*. Le village ne comptant qu'une poignée d'habitants, je me suis dit que ça devait singulièrement lui compliquer la vie. Niels était un peintre danois, originaire de Samsø, une île minuscule du détroit de Kattegat. Il nous a accueillis dans son atelier. C'était un homme assez âgé. Ses cheveux et sa barbe à la Léonard de Vinci étaient d'un blanc cendré. Ses yeux, couleur pierre de lune, semblaient plongés dans l'obscurité. Il n'en était rien. C'était déconcertant et, dans l'instant, un rien inquiétant. Je ne saurais dire autour de quoi s'articulait son travail, probablement des oiseaux, transfigurés par le regard qu'il portait sur son environnement. La peinture, comme la musique et la poésie, s'écoute. Il faut un peu de temps parfois pour entendre les émotions qui sont couchées là, devant nous, offertes, nous murmurer ce qu'il faut voir. Parfois c'est une fulgurance et d'autres fois il ne se passe rien. Ce temps-là m'a probablement manqué.

Il y avait quantité d'animaux empaillés posés un peu partout dans la pièce. Des oiseaux essentiellement. Cette volière immobile et silencieuse n'était pas de nature à tromper l'austérité du jour. J'ai demandé à Niels s'il avait rencontré Maude. Il m'a répondu qu'il l'avait peut-être bien croisée, mais qu'il ne mettait pas un visage sur son nom. J'avais besoin que l'on me parle d'elle. J'ai bien essayé d'aiguiller Martha sur cette voie, mais elle ramenait constamment la conversation sur le procès, l'agression des militants, le *grind* que nous avions vu dans la matinée. Sur sa vie à Lake Louise, dans les Rocheuses, aussi. Martha y était guide et l'on sentait dans ses propos qu'il lui tardait de retrouver son terrain de jeu favori. Un de ses aïeux maternels avait quitté sa Suisse natale pour travailler en tant que guide de montagne pour la Canadian Pacific Railway. Elle avait, un siècle plus tard, repris le flambeau et mis ses pas dans ceux de son lointain ancêtre. La disparition même de Maude n'a été que très peu évoquée, par pudeur probablement, si ce n'est pour dire que je souhaitais me rendre dans la baie de Vidvík. Niels m'a regardé en affichant une moue dubitative. Nous avons bu de la bière locale. Beaucoup. En regardant ses oiseaux empaillés, je lui ai désigné un petit oiseau noir avec un bec incurvé et une tache blanche sur le croupion, qui était ficelé et piqué d'une multitude d'aiguilles. C'était le même que celui martyrisé par la jeune fille aux cheveux bleus rencontrée dans l'autocar. Il m'a dit que c'était un océanite tempête, un oiseau inapte à la marche, le plus petit oiseau de mer de la planète, et qu'on le retrouvait sur les timbres-poste féroïens.

Un oiseau prisé par les amateurs de taxidermie. Il a ajouté :

— Si celui-ci t'intéresse, il sera terminé dans une semaine environ. Le plus difficile, c'est le travail sur le plumage.

J'ai une sainte horreur des animaux empaillés, des têtes de sangliers, de cerfs et autres cervidés accrochées aux murs. Ce n'était pas l'idée que je me faisais d'un militant de la protection des océans, mais ça a toutefois apaisé mes doutes quant à l'état de santé de la jeune fille en question. Niels a dû apercevoir un brin de circonspection dans mon regard.

— Les oiseaux que l'on m'amène sont tous morts. Tragiquement. Celui-là avait un hameçon dans la gorge. Le plus souvent ils ont du plastique dans l'estomac ou se sont empêtrés dans des filets de pêche dérivant entre deux eaux.

Niels a parlé des *grindadráps* aussi. Il m'a dit y avoir participé lors de ses premières années aux Féroé. Il avait alors une vingtaine d'années. Les chasseurs rabattaient les dauphins avec des barques. C'étaient des jours de fête, «comme les moissons et les battages dans les campagnes d'Europe», ce sont ses mots. Mais le dernier auquel il avait participé avait eu des relents d'idéologie identitaire. Il avait laissé des traces indélébiles sur ses vêtements comme sur sa conscience. J'ai verbalisé ce que j'avais eu en tête à l'instant où Martha me l'avait présenté.

— Ça ne doit pas être simple pour vous d'afficher votre opposition.

— Je suis installé ici depuis si longtemps que je fais partie de cette communauté. Et puis je suis artiste, on me pardonne cette dichotomie. Je m'adonne à la taxidermie aussi, comme tu peux le voir. Je partage cet attrait avec quelques personnes bien au-delà du village. On échange nos techniques. Ça crée des liens. Tu sais, près de quatre-vingts pour cent des Féroïens sont favorables ou se foutent complètement de ces massacres, ce qui revient finalement au même. Pour autant, la plupart d'entre eux ne mangent plus la viande des baleines pilotes ou des dauphins parce qu'elle est impropre à la consommation. Les mers sont les poubelles des industriels de ce monde. Cette tradition de chasse, qui nourrissait autrefois la population, n'est plus d'actualité. Aujourd'hui, il faut regarder les choses en face, les chasseurs tuent les baleines pilotes et les dauphins seulement pour le plaisir de tuer. C'est un acte de barbarie qui n'a pas sa place dans notre siècle. Il faut aussi savoir que bon nombre d'instituteurs encouragent cette forme d'extrémisme culturel et identitaire en invitant leurs élèves à manquer l'école pour assister aux *grindadráps*.

Niels nous a proposé de partager son repas et de passer la nuit chez lui. Martha connaissait bien les lieux. Elle m'a conduit dans une annexe de la maison, un appentis au toit couvert d'une herbe rousse sans confort et sans beaucoup de chaleur non plus. Il y avait un tas de choses remisées, des chaises que Niels devait sortir à la belle saison, si tant est qu'il y en ait une, des meubles démontés et autres vieilleries. Quelques matelas étaient posés sur le plancher. Nous sommes allés chercher nos affaires dans la Toyota. J'ai installé mon violoncelle à côté de moi et j'ai déniché un sac de couchage dans une armoire, puis nous sommes allés dîner. Je serais bien incapable de dire ce que nous avons mangé ce soir-là, mais je me rappelle fort bien ce qui a suivi. Il devait être à peine plus de vingt-deux heures quand le téléphone de Martha a sonné. Niels et moi nous sommes tus. Après quelques secondes, le visage de Martha s'est assombri. Elle a terminé la conversation en disant :

— Pas de souci, je suis en sécurité. Je suis avec Niels et le père de Maude... Non, je ne sors pas. À demain.

J'ai demandé :

— Qu'est-ce qui se passe ?

— C'était Susan. On vient de retrouver Alan, le gars qui avait disparu hier soir.

Ce dernier point semblait ne s'adresser qu'à moi puisque Niels voyait de toute évidence de qui il s'agissait.

— Il était dans les ruines de la cathédrale Saint-Magnus, près de Tórshavn. Mort. Il a été lynché avant d'être égorgé, comme une baleine pilote lors d'un *grind*. Putain, c'est horrible. On lui a passé un collier de dents de baleine pilote autour du cou. La police place les militants sous protection. La procureure va déposer une requête pour reporter et déplacer le procès au Danemark. Elle exige le départ de tous les membres d'Ocean Kepper présents sur l'archipel le plus tôt possible.

Martha et Niels ont baissé les yeux. Je savais ce qu'ils avaient en tête. Ça a été un choc, une fulgurance, une déflagration, une atroce déchirure. Il n'était plus raisonnable d'espérer. Si Martha avait annoncé la mort de Maude, ça n'aurait été en rien différent, je crois. Puis Niels a tourné la tête vers moi.

— Raphaël, tu ne dois pas perdre espoir. Alan a disparu hier et on retrouve son corps aujourd'hui. On s'est servi de lui pour faire passer un message radical et macabre. Il n'y a aucun lien, dans le process, avec la disparition de Maude. Et puis ça arrive juste après l'annonce du décès de Tordur, le gars qui a pris un coup de couteau lors du *grindadráp*...

Martha l'a coupé d'une voix froide :

— Comment ça, un coup de couteau ?

— C'est ce qu'ils ont dit aux infos. Le journaliste laissait entendre qu'il y aurait eu une violente altercation avec les militants. C'est aussi ce que racontent les gens ici. Les homicides sont très rares sur les îles. Ici, à Vidoy, ça doit être le premier depuis la mort des rebelles *floksmenns* au XVIIe siècle.

— C'est n'importe quoi, tu le sais bien ! Ce con s'est sûrement blessé tout seul. N'empêche, je crains de gros emmerdements à venir... Si l'on avait les images qu'a prises Maude, ce serait différent !

— Si l'on retrouvait Maude, tu veux dire...

— Oui, les deux, évidemment. Tu le connaissais, ce Tordur ?

— Bien sûr. C'était un gars sans histoire, ou presque. Un gars un peu simplet pour avoir baigné trop longtemps dans le liquide amniotique. Il était beau et fort. Les hommes ne l'aimaient guère. On lui prêtait des aventures avec des femmes de l'île. Elles ont plus d'humanité que les hommes. Il n'a pas eu de chance. C'était la première fois qu'il était autorisé par le *grindaformenn* à participer à un *grindadráp*. Il en était très fier.

Nous avons bu un verre ou deux d'aquavit, un alcool très fort qui m'est immédiatement monté à la tête, puis nous sommes allés nous coucher. Si j'avais été seul dans l'appentis, j'aurais ouvert l'étui de mon violoncelle pour me réfugier dans ses fragrances. J'entendais Martha chercher une position qui lui aurait ouvert la voie vers le sommeil mais, faute de la trouver, son sac de couchage bruissait comme des merles s'affairant dans un tapis de feuilles sèches. Sa respiration n'était que soupirs.

— La dernière fois que j'ai vu Maude, elle avait onze ans.

— Tu me parles ?

— Je dis que la dernière fois que j'ai vu Maude, elle n'avait que onze ans, presque douze.

Martha s'est tournée vers moi.

— Qu'est-ce qui s'est passé ?

— Après le divorce, Nathalie a disparu en l'emmenant.

— Nathalie, c'est ton ex ?

— Oui. Je ne sais pas comment pareille chose a pu arriver.

— Tu n'as rien fait pour les retrouver ?

— Si, bien sûr, mais la tâche me semblait immense, la douleur insurmontable. Je suis tombé en dépression. J'ai aussi fait appel à un détective.

— Comment tu as appris pour Maude ?

— C'est Nathalie qui m'a appelé.

— Elle est un peu spéciale ou je me trompe ?

— Je me demande si je l'ai jamais vraiment connue.

— Il y a des personnes qui ne gagnent pas trop à l'être.

— Maude te parlait d'elle ?

— Non, pas que je me souvienne. Ni d'elle ni de toi. De personne en fait. Je te l'ai déjà dit, nous n'avons passé que dix jours ensemble.

— Elle t'a quand même dit que j'étais concertiste.

— Oui, et alors ?

— Je ne peux pas croire que tu n'aies pas souvenir d'autre chose. Dix jours c'est suffisant pour apprendre à connaître quelqu'un.

— Pas Maude !

— Pourquoi pas elle ? Dis-moi au moins si elle souriait. Si elle était heureuse de vivre. Comment elle était avec toi et son ami. Quels étaient ses habitudes, ses tocs. Ses projets et ses rêves aussi. Son odeur. J'aimerais que tu me dises son odeur. Moi, je n'ai gardé que celle de fleur de cerisier, un parfum que sa mère lui avait offert. Guerlain, je crois.

— Pour l'odeur, c'est facile : on puait tous les trois le guano à force de traîner sur les vires.

— Le guano ?

— La chiure d'oiseau si tu préfères. Pour ne pas se faire repérer et chasser par les locaux, on descendait dans les falaises et on se posait sur des vires des journées entières avec nos jumelles, face à la mer. On évitait les zones de nidification, bien sûr, mais quand même, il y avait du guano partout.

— Elle n'avait pas le vertige ?

— Non, si tu as le vertige, tu te trouves une autre occupation. Le cap Enniberg, qui est là, juste derrière nous, est une des plus hautes falaises maritimes d'Europe. Huit cents mètres de verticale. Le terrain est dangereux. Les gars de l'île y chassent le macareux. Ils descendent avec leurs épuisettes, en s'agrippant à de pesantes cordes en chanvre d'un autre âge. La tradition, toujours la tradition. Faut reconnaître qu'ils sont téméraires.

— Pourquoi des épuisettes ?
— Parce qu'ils chassent le macareux comme on chasse le papillon.
— Tu pourrais m'y emmener ?
— C'est vraiment pas la saison et avec la neige, c'est assez casse-gueule…
— Et pour le reste ?
— Quel reste ?
— Pour Maude, je veux dire.
— Je sais ce que tu attends, mais je ne peux pas te le donner. Je crois qu'elle était heureuse avec Tomo. Mais est-ce qu'on peut vraiment savoir ? Maude n'est pas le genre de nana à qui tu demandes d'animer ta soirée d'anniversaire, si tu vois ce que je veux dire. Au début, j'ai même pensé qu'elle souffrait d'autisme tellement elle était repliée sur elle.

Ça m'a fait mal au ventre d'entendre cela. Où étaient passés les éclats de rire et les jeux de Maude qui ensoleillaient en permanence notre appartement ? J'ai haï Nathalie comme je me suis haï.

— Mais Tomo la connaît mieux que moi, a ajouté Martha. C'est à lui que tu devrais poser tes questions.
— J'ai essayé de l'appeler, mais il ne répond pas aux messages que je laisse sur sa messagerie. Je crois qu'ils ne se sont pas quittés en bons termes, ça n'aide pas.
— J'ai entendu Tomo dire qu'ils avaient dans l'idée d'aller vivre chez lui en Slovénie. La vie, c'est comme la météo ici, il y a du soleil et du gros temps.

— Et demain, qu'est-ce que tu comptes faire ?

— Ce que l'on avait prévu, aller jusqu'à la baie de Vidvík. Mais je te préviens, tu ne trouveras rien. La pluie, la neige et le vent auront effacé les traces de ce qui s'est passé là-bas ! Après, si les autorités me laissent partir, je rentre chez moi.

Le vent s'est levé vers minuit. Je ne dormais pas. Je pensais à des tas de choses, au premier appel de Nathalie. J'ai pris conscience que j'étais à l'endroit où Maude l'avait contactée lors de leur dernier échange, que je respirais l'air qu'elle avait expiré, foulais une terre qu'elle avait arpentée, et ça m'a redonné espoir. Un arc-en-ciel dans les brouillards noirs.

8

Nous avons laissé la voiture à l'est de Hvannasund, l'autre village de l'île, à l'extrémité d'une route qui prenait fin devant un parc à moutons. Les brumes s'étaient dissipées pendant la nuit. Le ciel était bas et sombre. La pluie et le vent étaient, eux, au rendez-vous. Plus question de prendre de bateau. Nous n'avions ni l'un ni l'autre le temps de composer avec l'état de la mer et le bon vouloir des pêcheurs. Martha avait tenu à ce que je sois raisonnablement équipé pour une randonnée à travers la montagne. Elle avait étudié une carte de l'île avec Niels avant de prendre la route. Il n'y avait aucun sentier conduisant à la baie de Vidvík. Les vêtements prêtés par Niels étaient un peu trop grands pour moi. Le pantalon imperméable surtout. Il était fort heureusement équipé d'une paire de bretelles qui le maintenait en place. Je lui avais confié mon Mirecourt en lui demandant de bien vouloir le garder dans son atelier. Il y faisait plus chaud que dans l'appentis et l'air y était plus sec.

Martha a enfilé son sac à dos. J'ai fait de même. J'avais emporté, en calquant le sien, sac de couchage et vêtements de rechange que j'avais pris soin d'enfermer dans un sac-poubelle. Nous avons longé la côte pendant près de deux heures. La mer moutonnait fort dans le fjord. Le terrain était glissant, spongieux et malaisé. Je peinais à suivre Martha. Elle se retournait de temps à autre et me livrait de probables encouragements que je n'entendais pas, tant le fracas de la pluie tambourinant sur ma capuche était assourdissant. Les coutures étanches de ma veste montraient déjà leurs limites. J'avais froid malgré l'effort. Puis Martha a changé de direction. D'un coup, comme ça, à angle droit, elle a quitté la côte pour s'élever sur le flanc escarpé du fjord. Je l'ai suivie dans son ascension qui serpentait au gré d'impératifs qui m'échappaient. Les sommets étant ensevelis sous une masse de nuages saturés d'eau, je n'avais aucune idée de ce qui avait bien pu l'inciter à gravir cette pente abrupte. Mes bottes n'étaient guère adaptées à un terrain aussi pentu et je glissais souvent. Après cette longue marche pénible, nous avons entraperçu une arête gibbeuse couverte de neige. Martha s'est orientée vers un petit col. Au sommet, le vent était abominablement fort. Nous nous sommes accroupis pour ne pas être bousculés et précipités dans le versant que nous venions de gravir. La neige qui cinglait était froide et collante. En contrebas, on devinait une baie ourlée d'écume. Nous avons amorcé la descente. Sous mon équipement censé être imperméable, j'étais trempé. Mes vêtements collaient autant à ma peau qu'à ma veste et à mon pantalon de pluie. Outre le froid qui me tétanisait, ça rendait chacun de mes pas pesant et maladroit.

J'ai observé Martha dévaler le large couloir en courant. Il m'a fallu un peu moins d'une heure pour la rejoindre. Elle m'attendait devant une vieille bâtisse, la seule dans cet espace désolé battu par les vents. Nous sommes entrés nous mettre à l'abri. Martha avait eu le temps d'allumer un feu avec une brassée de bois stocké dans le fond de la pièce. C'était bon d'entendre le poêle ronfler.

— Voilà, on y est !
— Quelle tempête ! Merci, Martha. Sans toi, je n'aurais jamais pu venir ici.
— Ce n'est pas une tempête, juste le temps habituel à cette saison. Et puis, ne me remercie pas trop vite. Je doute que nous puissions trouver quoi que ce soit sur cette plage !
— Mettre mes pas dans ceux de Maude, c'est déjà beaucoup. Ça me donne l'espoir qu'au bout du chemin elle sera là. J'aime sentir sa présence.
— Franchement, ça m'étonnerait qu'elle ait mis les pieds dans cet abri ! Le jour du *grind* il faisait beau et nous avons débarqué de l'autre côté, à l'ouest de la baie. Elle n'avait aucune raison d'entrer ici.
— Peut-être bien, mais cette baie reste le dernier endroit où on l'a vue !
— On mange quelque chose et on fait sécher nos affaires, ou on descend tout de suite jusqu'à la grève ?
— Maintenant qu'on est mouillés, autant continuer tant que la visibilité n'est pas trop mauvaise.

La baie était à une cinquantaine de mètres en contrebas, déserte, sauvage et inhospitalière. La plage était jonchée de bois flotté, de fragments de caisses plastique aux couleurs criardes et de lambeaux de filets de pêche. C'était étrange de trouver autant de branchages et d'arbres morts polis par le sel et les tempêtes sur le rivage d'une île qui en est totalement dépourvue. Les vagues se fracassaient sur l'estran dans un vacarme incessant. Martha avait raison, il n'y avait aucun espoir de découvrir quoi que ce soit dans un tel fatras.

— La baie était comme ça le jour du *grindadráp*?

— Non, tout était entassé un peu plus haut sur la plage. Les bois viennent de Sibérie et d'Amérique du Nord, portés par les courants. Ils ont inspiré les premiers navigateurs pour baptiser l'île : Vidoy signifie «l'île du bois».

— Comment tu peux savoir qu'ils viennent de Sibérie et d'Amérique du Nord?

— Il suffit de regarder, c'est écrit en anglais et en russe sur les emballages plastique... Plus sérieusement, il y a des universités et des océanographes qui collaborent avec Ocean Kepper. Pour protéger, il faut bien connaître.

Nous sommes allés jusqu'à l'extrémité ouest de la baie. En retrait de la plage, perchée dans une austère falaise de basalte, une grotte narguait la fureur de l'océan. Je n'aurais guère été surpris si une tribu magdalénienne était apparue sous son porche. Nous sommes remontés jusqu'à son pied. La verticalité lui conférait un aspect plus redoutable encore.

— Qu'est-ce que tu regardes?

— Cette cavité, là-haut. Elle est intrigante.

— Tu dis ça rapport à ton patronyme? Il y a peut-être bien quelque chose en elle qui fait lien avec nos ancêtres.

— J'ai pensé la même chose en l'observant depuis la plage, mais j'aurais préféré qu'elle fasse lien avec Maude. Elle semble hors d'atteinte.

— Disons qu'elle n'est pas facile d'accès, surtout un jour comme aujourd'hui.

— Tu penses que Maude aurait pu y trouver refuge si elle y avait été contrainte?

— C'est difficile à dire, la flotte pisse de partout. Il faudrait monter un peu pour se faire une idée, mais ce n'est pas impossible. Elle faisait beaucoup d'escalade avec Tomo.

— J'imagine que personne n'est allé voir là-haut.

— Voir quoi?

— Je ne sais pas… Il faut bien qu'elle soit quelque part. On ne peut rien laisser au hasard.

— C'est bon, je vais y aller, au moins on ne sera pas venus pour rien!

— Non, avec ce vent, c'est beaucoup trop risqué.

— Vivre c'est prendre des risques. Militer aussi.

Elle m'avait dit ça en me regardant droit dans les yeux. Ça m'a mis mal à l'aise, je ne saurais pas dire pourquoi. Puis elle a ajouté :

— Ne t'inquiète pas, je n'ai aucunement l'intention de *me casser la gueule*.

Elle avait dit ces derniers mots en français et en affichant un sourire en coin. Puis elle est allée chercher dans la cabane le matériel qu'elle avait emporté avec elle «au cas où». Je suis resté à grelotter en l'attendant. Je regrettais d'avoir dit cela. Ça n'avait aucun sens de faire de l'escalade dans des conditions pareilles. Martha s'est encordée et m'a demandé de laisser filer la corde en faisant gaffe à ce qu'elle ne s'emmêle pas. Je l'ai vue s'élever avec inquiétude. Elle évitait autant que possible de poser les pieds ou les mains sur les zones herbeuses ou moussues. Le vent était si fort qu'il incurvait la corde. Je lui ai crié :

— Redescends, Martha, il n'y aura rien dans cette caverne !

Je l'ai regardée grimper en sachant que je ne pouvais lui être d'aucun secours si elle venait à chuter. Elle a mis près d'un quart d'heure pour accéder à la cavité. Une éternité qui m'a fait oublier les conditions météo. Quelques minutes après elle est redescendue en rappel, glissant avec aisance le long de la corde qu'elle avait fixée quelque part là-haut. Je venais de comprendre son usage. Elle n'avait pas encore posé le pied au sol qu'elle m'a dit avoir trouvé quelque chose. J'ai attendu de savoir quoi. J'étais sous tension. Martha semblait songeuse.

— Quelqu'un a passé du temps là-haut, il y a des mégots de cigarettes…

— C'est Maude ? Tu crois que ça pourrait être Maude ?

— Je ne l'ai jamais vue fumer. Mais laisse-moi finir : il y avait ça aussi.

Elle a sorti de sous sa veste un maillot de foot plein de sang. Un maillot blanc et vert avec le numéro 10 floqué dessus.

— Te fais pas un mauvais film, c'est à un chasseur, de toute évidence. Ici, les gens ont trois religions : le foot, le *grindadráp* et la chasse aux oiseaux.

— Pourquoi un chasseur serait allé se percher là-haut ?

— Ça, j'en sais vraiment rien. Bon, allez, on se dépêche, le vent est tombé et les brouillards noirs semblent bien être de retour.

Les brumes étaient venues de la mer sans que je les remarque. Une muraille dense et sombre. Martha a lové sa corde et nous sommes retournés à la cabane en passant haut sur l'estran pour ne pas avoir à retraverser l'amas de bois. On était à peine au milieu de la baie quand les brumes nous ont enveloppés de leurs ombres froides. C'est à ce moment que j'ai aperçu entre mes pieds, coincée dans les galets et les touffes d'herbes rousses, une lanière bleue. Je l'ai dégagée. À l'extrémité était accrochée une de ces pochettes étanches dans lesquelles marins et voyageurs enferment ce qu'ils ont de plus précieux. J'ai relevé la tête pour appeler Martha, mais la silhouette fantomatique qui me précédait avait disparu. Il n'y avait plus que moi, seul dans le néant et le tumulte de l'océan et du vent. J'ai été pris d'un vertige. J'ai appelé, crié, mais mes vociférations étaient inaudibles dans le vacarme ambiant. J'ai passé la lanière autour de mon cou, puis j'ai tenté de m'orienter. J'étais incapable de dire d'où je venais et vers où je devais me diriger. L'inquiétude m'a rapidement gagné. Dans la masse compacte que je tentais de percer du regard jusqu'à m'en déchirer la rétine, j'ai vu des formes se mouvoir et tourner autour de moi. Me souvenant des *huldufólk*, je leur ai dit que je cherchais ma fille Maude, qu'elle était passée par cette plage et qu'ils l'avaient sûrement croisée. Je leur parlais pour me rassurer, mais pas seulement. J'appelais Martha aussi, à intervalles réguliers. Il m'a semblé errer une éternité... Quand Martha a déchiré l'épais rideau, j'ai sursauté. Elle m'a dit :

— Raphaël ! J'ai bien cru ne jamais te retrouver. Faut suivre...

— Désolé, le temps de ramasser un truc par terre et tu avais disparu.

Elle nous a encordés l'un à l'autre. Je l'ai assez mal pris, qu'elle me tienne en laisse, puis je me suis fait une raison en me disant que pour une guide ce ne devait être rien d'autre que la routine professionnelle.

— Tu comptes te repérer comment ?

Elle a tapoté la montre qu'elle avait au poignet.

— J'ai une trace GPS depuis que l'on a quitté la voiture.

L'abri se fondait dans l'opacité du brouillard. Nous n'avons décelé sa silhouette qu'une fois le nez contre les pierres noires de ses murs. À l'intérieur, une douce obscurité nous attendait. Martha a allumé la lampe à pétrole suspendue au plafond. Sa lumière jaune était réconfortante.

— Qu'est-ce que tu as autour du cou ? m'a demandé Martha.

— Une pochette que j'ai trouvée sur le retour.

— Fais voir...

Je la lui ai donnée, puis j'ai entrepris de retirer mes vêtements pour les faire sécher.

— Merde ! Ce sont les papiers de Maude et son téléphone.

En entendant ça, je me suis empêtré dans mon pull en laine détrempé que je tentais de faire passer par-dessus ma tête. Quand enfin j'ai pu dégager mes bras, Martha a ajouté :

— Il y a une carte mémoire aussi. Tu entends ça ? Il y a la carte mémoire de sa GoPro !

— C'est peut-être juste une carte de rechange.

— Non, pour quoi faire ? On transfère nos images après chaque opération. Normalement, la carte ne quitte pas la caméra, c'est là qu'elle est le plus en sécurité. Il faut que Maude ait eu une bonne raison de l'enlever.

Tenir le téléphone de ma fille dans mes mains, voir son nom et son visage couchés sur ses papiers d'identité a soulevé en moi une étrange sensation. Je me suis assis, heureux et anéanti. Heureux parce que ma quête venait de faire un bond en avant, anéanti parce que je savais ce que cette découverte signifiait : Maude avait été agressée, dans mon esprit ça ne faisait plus aucun doute puisqu'elle n'avait pas donné signe de vie depuis son passage dans cette baie. Brutalement, comme une volée de traits de pluie s'abat sur une chaude journée d'été, un violent désespoir m'a saisi.

9

Au lever du jour, la neige avait tout recouvert jusqu'à la mer. Les vagues s'échinaient à vouloir laver le linceul qui recouvrait la plage. Le vent soufflait à nouveau avec virulence et il avait déchiré les brouillards diaboliques. C'était un point positif puisque cela allait nous permettre de quitter la baie, mais je n'étais pas au mieux. Ma nuit avait été hantée par l'affreuse image du corps supplicié de Maude, ballotté par les flots, entre des baleines pilotes et des dauphins à la gorge tranchée. Il neigeait des flocons de sang, rouge comme la mer et l'improbable coucher de soleil de la toile *Le Cri* d'Edvard Munch. Tout n'était qu'effroi et douleur. J'ai dans un premier temps amèrement regretté de ne pas avoir emporté avec moi mes somnifères, mais l'aube claire et le remue-ménage rassurant de Martha refaisant son sac à dos en sifflotant m'ont apaisé.

Martha avait alimenté le feu pendant la nuit et nos vêtements étaient à peu près secs. Nous n'avons pas traîné. Nous n'avions rien pour déjeuner – la veille, Martha et moi nous étions partagé quelques barres de céréales en guise de dîner. Dehors le froid m'a saisi. Le thermomètre accroché sur le montant de la porte de l'abri affichait moins cinq degrés.

La montée jusqu'au col m'a été très pénible. Dix centimètres de neige recouvraient la pente herbeuse et la rendaient désespérément glissante. Une onglée féroce me rongeait les doigts. Je craignais les engelures, comme toutes autres blessures qui viendraient anéantir la subtile harmonie entre mon oreille absolue et l'agilité de mes doigts. Martha m'a donné une paire de chaussettes, trouvée au fond de son sac, en guise de gants, avant de m'encorder une nouvelle fois. Elle maintenait mon équilibre quand le sol se dérobait sous mes pieds. Un problème qu'elle n'avait pas.

— Tu avances avec la peur de glisser, me disait-elle. À chaque pas, tu te prépares à tomber ! Si tu te tiens debout et confiant, tout ira bien.

Je lui ai demandé :

— Tu ne m'avais pas dit que les températures étaient clémentes en hiver ?

— Je t'ai dit ça, moi ? L'hiver peut-être, mais nous ne sommes qu'en automne.

— Moque-toi... J'ai dû le lire sur une brochure.

— Ce froid, c'est à cause du Gulf Stream.

— Ce n'est pas plutôt un courant chaud ?

— Si, c'est un courant chaud. Mais du courant, y en a plus beaucoup, à cause du réchauffement climatique et de la fonte des glaces. Alors les eaux se refroidissent et les températures suivent le mouvement. Un jour elles seront ici aussi basses que celles de la baie d'Hudson, du sud du Groenland ou de Iakoutsk, en Sibérie. Tous ces endroits sont situés à la même latitude : soixante-deux degrés nord. C'est un drôle de paradoxe, non ?

— Qu'est-ce que ça changera?

— Les poissons qui fréquentent ces eaux tempérées vont aller frayer ailleurs et toute l'économie de la pêche va s'en trouver perturbée. Je ne vais pas les plaindre, ces putains d'armateurs qui pillent les océans comme s'ils leur appartenaient. Tu sais que les navires-usines rejettent soixante-dix pour cent de ce qu'ils pêchent, soit parce que ce n'est pas l'espèce qu'ils recherchent, soit parce que les prises sont trop petites? Et je ne te parle pas des dauphins qui se noient dans leurs chaluts.

— Pour Maude, je voulais dire!

— Oh pardon! Je ne suis pas sûre de te suivre...

— Parce que c'est là qu'elle est, Maude. Dans cette horrible mer, noire et froide. Je le sais maintenant. Je l'ai vue cette nuit!

— Tu as dû faire un cauchemar, Raphaël. À présent tu es réveillé et il nous faut avancer.

— Les *huldufólk* me l'ont donnée à voir, tout comme ils ont glissé la pochette étanche de Maude sous mes pieds. Ce n'était pas le hasard, j'en suis sûr.

— Laisse les *huldufólk* là où ils sont. Tu dois te concentrer sur ce que tu fais. On arrive au col. Encore un effort. La descente sera plus simple.

Nous avons regagné notre voiture en début d'après-midi. Les averses de pluie et de neige mêlées alternaient depuis plus d'une heure. Se caler dans les sièges et sentir l'air chaud pulsé par le chauffage a été un profond réconfort. Martha nous a conduits dans une station-service où nous avons trouvé à nous ravitailler, puis nous sommes retournés chez Niels. Il me tardait de récupérer mon violoncelle et de visionner les images prises par Maude. Niels n'était pas chez lui, mais l'atelier était ouvert. Enfin, pas seulement l'atelier : Niels ne fermait jamais les portes de sa maison. Nous avons laissé un mot à son intention et avons repris la route sans attendre. Martha était impatiente de retrouver l'équipe et de faire front avec elle après la mort d'Alan.

Peu avant Tórshavn, après avoir croisé un parc d'éoliennes qui vrombissaient comme une escadrille d'hélicoptères, nous avons été arrêtés par une patrouille militaire. Trois gars armés se sont avancés vers nous en courant. À cause de la pluie qui avait redoublé d'intensité probablement, mais quand même, c'était assez flippant. Ils portaient le drapeau danois sur l'épaule gauche de leur uniforme. Martha a dit, autant pour elle que pour moi :

— Putain, c'est l'état de siège ici !

Après le contrôle de notre identité, ils ont emmené Martha. J'ai bien tenté de m'interposer, mais les militaires m'ont fait comprendre qu'ils n'étaient pas disposés à échanger avec moi et encore moins en anglais. Martha m'a dit de ne pas m'en faire, qu'elle avait l'habitude, mais j'ai pu lire sur son visage l'étendue de son désarroi. J'étais aussi furieux que désemparé. Elle a ajouté :

— Appelle Susan, la responsable des opérations.

Elle m'a donné son numéro de téléphone et est montée dans l'inquiétante voiture à l'allure guerrière. Avant que la portière ne se referme, elle m'a lancé :

— La carte mémoire, j'ai dans l'idée que tu ne vas pas aimer ce que tu vas y voir. Fais attention à toi !

Je l'ai regardée s'éloigner, désemparé. La pluie tambourinait sur le toit de la voiture. Je me suis mis à l'abri, sonné, et j'ai senti l'angoisse prendre possession de mon esprit. Le rythme et l'intensité de mes journées dépassaient de beaucoup ce à quoi j'étais habitué. Je n'ai jamais aimé affronter les éléments. Petit, mes parents m'avaient astreint à suivre les préceptes du scoutisme et ça m'avait été difficile. Je ne goûtais guère l'apprentissage d'une vie âpre et austère, le camping en plein hiver ou les longues marches avec un volumineux sac à dos. Fort heureusement, les cours au conservatoire m'avaient assez vite permis de m'affranchir de cette vie de coureur des bois.

J'ai appelé Susan. Elle n'a pas répondu. Je lui ai envoyé un texto avec «urgent» écrit en majuscules. Nathalie avait cherché à me joindre, ainsi que la consule. Dans son message vocal, cette dernière me faisait part du regain de tension entre la population et les militants anti-*grindadráp*, sans mentionner la mort de l'un d'entre eux, et me demandait de reprendre rapidement contact avec elle, ce que je n'étais pas vraiment pressé de faire. Quant à Nathalie, elle venait aux nouvelles en omettant de me dire si elle avait avancé de son côté. J'ai repris la route en espérant trouver Susan et l'équipe d'Ocean Kepper du côté du port.

10

L'équipe était parquée sur un coin du quai d'embarquement des ferrys. Derrière une rangée de barrières métalliques étaient alignés des voitures et de puissants bateaux semi-rigides attelés à des camping-cars. Tous les véhicules étaient facilement identifiables par le logo d'Ocean Kepper couché sur leurs flancs. Une voiture de police et un fourgon militaire stationnaient à proximité. Je me suis garé dans une rue au-dessus du port et j'ai dû présenter mes papiers pour entrer dans la zone. Je suis allé frapper à la porte du premier camping-car. Un grand barbu m'a ouvert. Je me suis présenté. D'un geste, il m'a invité à entrer. Des affiches pour la protection des baleines, des requins et des dauphins couvraient les cloisons. Allongé sur une couchette, un gars consultait son ordinateur.

— Bonjour. Je cherche à joindre Susan.

— Je n'ai pas compris qui vous êtes.

— Je suis Raphaël. Raphaël Chauvet, le père de Maude.

Il s'est redressé et m'a tendu la main.

— Ueli. Lui c'est Piergiorgio, il est sarde et pas très bavard, mais pour ce qui est du pilotage des bateaux par gros temps, il est imbattable. Susan est chez la procureure depuis midi. Ces barbares de chasseurs de baleines ont tué Alan, un des nôtres. Tu es au courant ?

Ueli était genevois et c'était apaisant de pouvoir converser en français.

— J'étais avec Martha quand on lui a appris sa mort. Elle vient d'être arrêtée par des militaires danois. J'ai envoyé un texto à Susan pour la prévenir, mais elle ne m'a pas répondu.

— Je te l'ai dit, elle a un tas de trucs à gérer. Cette mission part complètement en vrille. Il y a eu Maude et maintenant c'est Alan. Ne t'inquiète pas, on devrait la voir débarquer ici dans une heure ou deux. Les autorités craignent des règlements de comptes entre chasseurs et militants, alors elles nous ont consignés ici avec interdiction de bouger jusqu'à mercredi.

— Pourquoi dans quatre jours ?

— Le *Norrona*, le ferry qui fait la liaison entre le Danemark et les Féroé, ne fait qu'une rotation par semaine à cette saison.

— Le temps va vous sembler long. Pour Maude... elle a disparu. Mais on va la retrouver. En vie.

Ueli n'a rien répondu. Il a juste esquissé un hochement de tête qui trahissait ce que tout le monde, ou presque, pensait. Je devais être le seul à porter cet espoir.

— J'ai un service à te demander. Est-ce que tu pourrais lire cette carte sur ton ordinateur ?

Je l'ai posée sur son PC.

— C'est une carte de GoPro ?

J'ai acquiescé.

— Si elle est en bon état, ça ne devrait pas poser de problème.

Il l'a insérée dans une sorte de clé USB avant de la connecter à son ordinateur. Puis il a levé la tête en me disant :

— On y va ?

J'ai fait un signe de tête et il a lancé la vidéo. Un banc de baleines pilotes jouait devant l'étrave d'un bateau aux boudins noirs brillants comme leur peau. Elles arrondissaient leur échine et accéléraient d'un ample battement de leur nageoire caudale. Il y avait des petits. Ils suivaient le mouvement, mais peinaient à accompagner les adultes. On entendait des voix qui leur hurlaient dessus.

— On dirait le jour où on est allés sur l'île de Vidoy ! C'est la carte de la caméra de Maude ? Putain, tu l'as trouvée où ? Tu entends ça, Piergiorgio ?

— La carte, Ueli, seulement la carte mémoire de sa caméra, malheureusement. Ses papiers et son téléphone aussi. Si tu avais une prise, je pourrais tenter de le recharger.

Je lui ai donné le téléphone, un Galaxy 3. C'est moi qui le lui avais offert et ça m'a bouleversé qu'elle ne s'en soit pas séparée pour un modèle plus récent. Il a trouvé de quoi le connecter, puis il est revenu près de moi.

— Là, tu vois, on éloigne les groupes de cétacés des côtes afin qu'ils ne soient pas rabattus vers la baie. Regarde comme c'est beau... Bon, je te laisse, on a un briefing prévu. Pour une avance rapide, tu appuies là. Si tu as besoin de moi, je serai dans le grand camping-car. Tu ne peux pas le rater.

Avant de le suivre, son ami m'a donné une tape dans le dos et a posé sur la table une bouteille de Talisker en me disant :

— *In caso*.

Je me suis servi un whisky avant de faire défiler les images en accéléré. J'avais besoin de voir Maude. La voir avant de regarder les images du *grind* de Vidvík pour comprendre ce qui s'était passé ce jour-là. Je m'arrêtais dès que des visages féminins apparaissaient, je ne cherchais rien d'autre. Je visionnais certains passages à plusieurs reprises. Mais tout n'était qu'action, confusion, bateaux lancés à pleine vitesse et invectives avec des chasseurs. Il était peu probable qu'elle apparaisse, mais je n'écartais pas la possibilité que la caméra ait pu changer de main à un moment ou à un autre. J'étais effrayé à l'idée de manquer Maude, de ne pas la reconnaître. Les images n'étaient que témoignages. Tout était très organisé, loin d'une pratique en dilettante. J'entendais sa voix, parfois, qui explicitait les images, les situait. J'espérais trouver des moments de détente, voir Maude sur une plage, autour d'une table... Je n'ai rien trouvé de tel.

Je suis revenu au début pour tout visionner en détail. La baie de Vidvík est apparue dans la lumière chaude d'une matinée qui n'augurait en rien le tragique des minutes qui allaient suivre. La mer était un miroir que trois bateaux d'Ocean Kepper balafraient de toute la puissance de leurs moteurs hors-bord. Maude filmait depuis l'un d'entre eux. À bord, les équipiers étaient casqués et portaient un gilet de sauvetage rouge. Une flottille de navires hétéroclites est apparue. Les trois bateaux sont allés à sa rencontre. Dans la nasse qu'elle formait, de luisantes têtes rondes sortaient de l'eau pour respirer et peut-être aussi pour chercher une issue dans le piège qui se refermait. L'affolement des baleines pilotes et des dauphins faisait bouillonner la mer. Les semi-rigides tournaient autour des navires rabatteurs, manœuvraient pour les désorganiser. J'entendais des cris et des injures. Des moteurs hurlants et des plaintes de cétacés. Des chocs par moments. Les images donnaient le mal de mer. Puis j'ai vu des chasseurs frapper les militants à coups de gaffe, des bateaux de pêche heurter délibérément les boudins pneumatiques de leurs étraves. Des militants ont été projetés à l'eau. Maude elle-même a failli basculer à plusieurs reprises. Sur l'un d'eux, un bateau ancien aux airs de navire viking, des types étaient équipés de harpons. L'un venait de transpercer le flanc d'une baleine pilote et un geyser écarlate fusait de la blessure. Elle ouvrait une gueule béante de douleur et d'incompréhension. Des voix hurlaient d'effroi, criaient que le harponnage était interdit. Un des semi-rigides s'est interposé entre les chasseurs et les cétacés. Les militants ont fait bloc pour former un bouclier humain, prêts à un violent corps à corps. J'ai admiré le courage de ces éco-guerriers – le terme n'était pas galvaudé. Debout, accrochée à un bout, Maude clamait qu'elle avait les images et qu'ils devraient payer pour ça. Un harpon est venu frapper le flotteur gauche du bateau, juste devant elle, délibérément. La pointe acérée a ripé sur la toile tendue. Un autre coup a suivi et il y a eu un cri. Le pneumatique s'est rapidement éloigné de la meute avant de s'immobiliser. J'ai entendu Maude gémir derrière la caméra. Mon cœur s'est arrêté de battre. Une jeune femme équipée d'une radio portative est apparue dans le champ. Elle a répété plusieurs fois : «Maude est blessée» puis la caméra est tombée assez sèchement. J'en ai déduit que Maude venait de se mettre à genoux. Je l'ai entendue dire : « Ils utilisent des harpons, vous avez vu ça ! – Attends que je regarde ta blessure ! » Les images ne montraient pas le visage de son interlocuteur. C'était une voix d'homme. « C'est bon, ne me touche pas ! Je vais bien. On ne peut pas les laisser faire, il faut y retourner. Allez, fonce ! » Maude aurait aimé avoir une voix plus assurée, je le sentais. L'équipage l'avait également perçu. Il y a eu quelques hésitations, quelques palabres et des échanges radio. Maude persistait à dire que ce n'était rien de grave et qu'elle tiendrait le coup jusqu'à la fin de l'opération. Le semi-rigide a repris de la vitesse, contourné les navires rabatteurs et est allé s'échouer sur la grève. Les deux autres pneumatiques d'Ocean Kepper s'y trouvaient déjà. Les chasseurs étaient à l'œuvre, les militants ont tenté de s'opposer à la mise à mort de quelques cétacés, mais le nombre n'était pas de leur côté. J'ai accéléré les images. J'ai vu deux chasseurs sortir de l'eau un homme inanimé et le tirer jusque sur la plage – j'ai immédiatement maudit la consule qui accusait Maude de violences envers cet homme. Puis la caméra est allée rejoindre les militants dans la mêlée. Maude marchait entre les cadavres secoués de spasmes, dans une mer de larmes et de sang que seul Phlégias, filant sur sa barque vers les portes de l'enfer de Dante, pouvait avoir éprouvé. Elle filmait les bras armés qui plongeaient jusqu'aux coudes dans des chairs parfaitement inoffensives. Puis elle est remontée sur la plage. Le tumulte du *grind* s'est éloigné. Le silence s'est installé. Maude avançait entre des rochers. J'entendais son souffle. Un halètement un peu rauque.

Elle peinait, assurément. J'ai pensé qu'elle avait eu besoin de s'isoler un moment et qu'elle avait oublié de couper sa caméra. Elle s'est assise, a placé ses deux mains devant elle, des mains poisseuses de sang, et elle a dit : « Putain, merde, c'est pas vrai ! » Sa respiration s'est accélérée. Je l'ai entendue pendant un long moment. Puis elle a appelé Tomo. Sa voix ne portait pas. J'ai pleuré. J'ai pleuré d'impuissance. Puis, lentement, la caméra a basculé et le ciel bleu sauvage est apparu. Elle l'a filmé, immobile. Une séquence sans fin. Maude avait de toute évidence perdu connaissance. J'ai guetté, seconde après seconde, un mouvement qui aurait dit la vie. Plusieurs minutes après, des voix se sont fait entendre. Des voix au timbre féroïen. La caméra a basculé légèrement sur le côté. Maude retrouvait ses esprits et j'ai éprouvé un immense soulagement. Sa pochette étanche est passée devant l'objectif, il y a eu le bruissement de la glissière, puis plus rien. Écran noir. Noir comme le désespoir. Maude avait coupé sa caméra pour en retirer la carte mémoire et enfouir sa pochette près d'elle. Ce qu'il advenait d'elle après restait à découvrir.

J'ai eu besoin d'un peu de temps pour digérer ce que je venais de voir. Une pause avant de tout reprendre. J'ai laissé un mot à Ueli pour lui dire que je repasserais récupérer le téléphone, puis j'ai avalé un nouveau verre de whisky. Je suis sorti avec la carte mémoire et le lecteur dans ma poche. On était samedi après-midi et je me suis dit qu'avec l'actualité du moment, il était vraisemblable que le poste de police soit en pleine effervescence. J'étais bien décidé à faire un point avec eux et à récupérer les affaires de Maude.

11

Le parking du poste de police accueillait les véhicules des forces venues en renfort et une agitation certaine animait les locaux. Un des responsables m'a cependant reçu, en me précisant qu'il n'avait malheureusement pas beaucoup de temps à me consacrer, ce qui était tout de même un progrès notable au regard de ma première visite. Nous avons parlé de Maude. Enfin, c'est surtout lui qui m'a parlé d'elle. La position des flics était sensiblement différente de celle que m'avait exposée la consule, pour ne pas dire en contradiction. On ne m'a pas laissé entendre que Maude était soupçonnée d'avoir agressé qui que ce soit lors du *grindadráp* de Vidvík. Le rapport entre ce *grindadráp* et sa disparition – je ne me souviens pas que ce mot même ait été prononcé – n'était pas établi, son profil de militante pour Ocean Kepper passé sous silence. Je me suis longuement interrogé sur ce que je devais en conclure. Après m'avoir remis le volumineux sac de Maude comme on se débarrasse d'un encombrant, le policier a pris mon numéro de téléphone et m'a donné sa carte en me disant :

— Si vous avez du nouveau, appelez-moi.

Sur cette dernière, outre les renseignements d'usage, il y avait son grade : inspecteur principal. En d'autres circonstances, ça aurait pu me faire sourire. Je pense aujourd'hui encore que le gouvernement féroïen tentait par tous les moyens de minimiser l'impact qu'allait avoir le double meurtre lié aux *grindadráps* sur l'image de l'archipel et sur cette pratique ancestrale. Le fait qu'une personne majeure ne donne plus de ses nouvelles était infiniment moins contraignant pour eux, pour peu qu'on n'en fasse pas publicité. Il était inutile qu'une disparition inquiétante d'une militante anti-*grindadráp* vienne s'ajouter au sinistre tableau. J'étais fatigué et atterré. Je me devais de faire la vérité sur la disparition de Maude et savais ne pouvoir compter que sur moi. Cela n'était pas de nature à me rassurer. J'étais cependant heureux d'avoir fait quelques avancées. Avant de quitter le poste de police, j'ai demandé à avoir des nouvelles de Martha et le gars m'a répondu qu'il n'était pas en charge de l'affaire, mais qu'elle serait probablement expulsée avec l'équipe qui prenait le ferry.

Dans la voiture, j'ai ouvert le sac à dos de Maude avec fébrilité. J'ai extirpé les premiers vêtements avec des précautions d'archéologue, alors que les flics avaient tout mis en vrac. Je me suis appliqué à les plier. Ça a été un moment difficile d'être si près d'elle et si loin à la fois. Au fond du sac, dans une boîte Tupperware au plastique jauni, j'ai trouvé un carnet à dessin. Un carnet aux pages presque entièrement noircies de très beaux croquis. J'aurais été incapable de dire quel cursus avait suivi Maude, mais j'aurais parié pour les Beaux-Arts. En tournant les pages, je suis tombé sur un croquis de violoncelle. Le musicien qui le tenait entre ses jambes était juste esquissé, comme si Maude avait cherché sous son crayon une silhouette, un visage. Il ne pouvait s'agir que de moi, c'est du moins ce que j'ai voulu y voir et ça m'a bouleversé.

La nuit n'allait plus tarder à tomber. J'ai refermé le carnet à regret et suis allé récupérer le téléphone de Maude auprès d'Ueli. Il était en train de faire une partie de fléchettes quand je suis arrivé.

— Tu as trouvé quelque chose d'intéressant sur la carte mémoire ?

— C'étaient des images difficiles, Ueli. Maintenant, il faut que je prenne le temps de les décortiquer.

— Je peux t'aider si tu veux !

— Merci, mais je crois que j'ai besoin d'avancer seul pour le moment. Ce sont les dernières images prises par ma fille, tu comprends ?

— Tu sais où me trouver, mais n'attends pas trop quand même.

— Oui, je sais. Je passais récupérer le téléphone de Maude.

— OK, il doit être rechargé. Tu as le mot de passe ?

— Le mot de passe ? Non, je n'y avais pas pensé. Je peux essayer de contacter sa mère, peut-être qu'elle le connaît.

— Parfait, appelle-la.

Nathalie m'a répondu quasi instantanément – c'était suffisamment étonnant pour que je m'en souvienne. Elle était d'assez mauvaise humeur. Je lui ai dit que j'avais retrouvé les papiers et le téléphone de Maude et que pour ce dernier j'avais besoin de son mot de passe.

— Je ne vois pas pourquoi elle me l'aurait confié.

— Je te pose la question, c'est tout.

Elle a soupiré.

— J'ai cherché à te joindre hier parce que j'ai des nouvelles concernant Tomo. La police m'a dit qu'il était probablement retourné dans sa famille, en Slovénie. Ils ont contacté leurs homologues slovènes à ce sujet. On ne devrait pas tarder à savoir ce qu'il a à cacher.

— Rien. Il ne cache rien.

— Tu te fous de moi?

— Non, mais essaie quand même d'avoir son adresse en Slovénie.

— Tu vois que tu ne me dis pas la vérité!

— En ce moment, je passe mes journées à la chercher.

— Très futé…

— Une de ses amies m'a dit que Maude prévoyait d'aller vivre avec lui là-bas, dans la vallée où il est né. C'était quelques jours avant sa disparition.

— C'est n'importe quoi!

— Je ne crois pas, non.

— Je sais ce que je dis! Je connais bien ma fille, pas toi.

J'ai hésité à poursuivre. Je n'en pouvais plus de ses coups bas. Un silence pesant s'est installé. C'est elle qui a relancé :

— Et la police locale, elle en est où de ses recherches?

— J'en sors. Elle a deux meurtres sur les bras, alors je crains qu'elle ne nous soit pas d'un grand secours.

— Le consulat, rien de neuf de ton côté?

— La consule m'a laissé un message, je dois la rappeler. Je me demande à quoi elle joue…

— Qu'est-ce que tu veux dire ?

— Sa version des faits diffère de celle de la police et je ne comprends pas pourquoi. Je doute que l'on puisse compter sur elle pour nous aider à retrouver Maude, mais on ne peut fermer aucune porte. Il faut que je te laisse, je te rappelle dès que j'ai du nouveau.

Quand j'ai raccroché, Ueli m'a dit :

— Bon, c'est mort pour le mot de passe ?

Il n'avait de toute évidence rien manqué de notre conversation.

— Oui, malheureusement. Il y a des solutions ?

— Non, à part le craquer.

— Tu sais faire ça ?

— Non, ni moi ni quelqu'un de chez nous. Et puis j'imagine que ça demande un peu de matériel.

— Merci, Ueli, je finirai bien par trouver un moyen. Une dernière chose : tu ne connaîtrais pas un endroit pas trop cher pour passer quelques nuits ?

— Je te proposerais bien une couchette dans le camping-car, mais nous sommes déjà à l'étroit. Je te trouve un Airbnb si tu veux, ça ne devrait pas être bien compliqué à cette saison.

— Je veux bien, merci.

— Je fais comme pour moi et t'envoie l'adresse sur ton téléphone. Je te passe un ordi aussi, ça pourra t'être utile. Mais n'oublie pas de le ramener avant mercredi.

Je n'ai pas traîné. J'avais tant de choses à faire et puis la nuit commençait à tomber. Je n'aime pas l'obscurité et les nuages noirs qui s'amassaient au fond de la baie n'auguraient rien de bon.

12

Le GPS m'a conduit loin hors de la ville. La nuit était d'encre et un vent fort chahutait la voiture. J'avais omis de préciser à Ueli que je n'étais pas un fan de maisons isolées aux confins de territoires inhospitaliers. Il n'y avait personne d'autre que moi sur cette route. La lumière blanche des phares de la voiture tressautait sous les coups de boutoir des bourrasques. J'ai manqué faire demi-tour vingt fois pour retourner vers les lumières rassurantes de la ville. Quand la voix du GPS m'a enjoint de tourner à droite pour suivre une piste en terre, j'ai hésité. Elle a ajouté : « Votre destination se trouve à deux cents mètres sur votre gauche. » Je me suis engagé en me disant que ce qui était susceptible de faire le bonheur d'Ueli était de nature à me donner des cauchemars. Le vent vociférait tout autour de la voiture. C'était assourdissant et effrayant. Il semblait vouloir m'interdire l'accès à ce coin de la côte. Puis la voix féminine m'a annoncé : « Votre destination se trouve sur votre gauche. » Un frisson a parcouru mon échine. Je suis resté un moment, le front collé contre le pare-brise, à chercher ce que le GPS appelait ma « destination ».

Une masse plus sombre encore que l'obscurité se dessinait à une cinquantaine de mètres. J'ai dû me faire violence pour quitter la voiture. Je me suis arc-bouté contre le vent tout en éclairant le sol avec mon téléphone. Le tumulte de la mer venait grossir l'angoisse de la nuit. Trois petites maisons serrées les unes contre les autres sont apparues. Sur la porte d'entrée de l'une d'elles, il y avait un message indiquant : «C'est ici», juste au-dessus d'un boîtier à code. Je suis entré sans enthousiasme. L'intérieur était simple, fonctionnel et propre, style refuge scandinave. Il y faisait bon. Je suis retourné à la voiture chercher mon violoncelle, mon sac et les quelques provisions que j'avais eu la bonne idée d'acheter dans une supérette avant de quitter Tórshavn. Je me suis installé devant la fenêtre pour manger.

En contrebas de la maison, il y avait un minuscule port. Au-delà, des eaux noires convulsaient dans un rayon de lune filtrant sous les nuages de la tempête qui approchait. La journée ne m'avait pas épargné. Je peinais à mettre de l'ordre dans mes idées. La mer avait durci en très peu de temps, une heure à peine, et frappait fort la courte jetée du port. Un bateau avait été hissé sur la cale à l'aide d'un vieux cabestan. Un éclair a claqué. L'arc électrique a zébré la pluie massée au large en une barre opaque inquiétante. J'ai sursauté. Mon cœur s'est emballé. Un orage dans la froidure d'octobre, était-ce un signe des temps nouveaux ou les prémices d'une apocalypse ? L'obscurité s'est encore épaissie. Malgré le confort de mon abri, j'ai senti la menace. Les goélands se sont tus. Puis la tempête s'est déchaînée, frappant durement les maisons de pêcheurs coalisées contre l'océan. Un oiseau est venu s'écraser contre la vitre. Un petit oiseau noir avec un croupion blanc et de frêles pattes palmées. J'ai reconnu un océanite tempête. Son corps désarticulé a aussitôt été balayé par le vent. Son expérience millénaire avait été abusée par ma présence sur cette côte. Ça m'a affecté. J'ai tiré les rideaux pour occulter la lumière et ne plus attirer les oiseaux.

J'ai passé la soirée à faire défiler les images du *grindadráp* de Vidvík, notamment celles où un homme harponnait Maude. J'avais initialement pensé que c'était un accident, que le harpon avait ricoché par deux fois sur le boudin du bateau pneumatique, mais à bien y regarder, en prenant en compte les mouvements des bateaux, il n'y avait rien de moins sûr. J'ai rapidement acquis la certitude que l'intention était de frapper Maude et sa caméra, pas de couler le pneumatique. Le chasseur portait un maillot blanc et vert, comme celui que Martha et moi avions trouvé dans la grotte. Je l'avais gardé avec moi. Un maillot de club de foot. L'agression était violente. Image après image, j'ai lu la haine dans le regard de cet homme. J'ai isolé un plan de son visage. Il était flou, mais on distinguait ses traits. Je l'ai envoyé sur mon téléphone. En détaillant la photo, j'ai entraperçu, derrière lui, deux autres chasseurs portant le même maillot que lui. La longue séquence marquante qui suivait m'était douloureuse. La respiration de mon enfant, son souffle sifflant. Je ne comprenais pas pourquoi Maude s'était cachée comme un animal blessé. Elle aurait pu, elle aurait dû chercher de l'aide auprès de ses amis. Avec ce que m'avait raconté Martha, je pouvais reconstituer dans les grandes lignes ce qui s'était ensuite passé sur cette plage. Les militaires avaient chargé. Les militants avaient résisté avant d'être embarqués de force sur leurs bateaux. Dans ce grand désordre, personne ne s'était aperçu de l'absence de Maude. Elle était restée sur la plage, allongée derrière les rochers, incapable de bouger. Inanimée probablement. Elle ne pouvait pas avoir quitté la baie par ses propres moyens. Qu'était-elle devenue ? Qu'est-ce que les chasseurs avaient fait de ma fille ?

Je me suis allongé sur un des bat-flanc qui meublaient la cabane et me suis glissé dans le sac de couchage de Maude. Je me souviens très nettement de la sensation que cela m'a procurée. Il y avait un peu d'elle dedans, ses rêves, ses doutes, son odeur surtout. J'avais la sensation d'être connecté à elle. Ombilicalement connecté. J'ai ouvert son carnet de croquis, je l'ai feuilleté comme on tourne les pages d'un incunable. La première esquisse était datée du 28 juillet. Il y avait des portraits, des corps, beaucoup de corps. Des oiseaux marins aussi, magnifiquement vivants, dans un style épuré très éloigné de celui des planches d'Audubon. Étonnamment, pas de baleines ou de dauphins. Des paysages, assez peu. Plus précisément, elle n'en retenait qu'un détail pour en extraire une force non diluée. Puis des nus, datés comme tous les autres dessins. Il n'y avait qu'un seul prénom : Tomo. J'ai vu ainsi à quoi il ressemblait. Elle lui avait porté une attention qui allait bien au-delà des esquisses. Je me demandais ce qui avait bien pu se passer entre eux pour qu'ils s'éloignent l'un de l'autre. J'étais émerveillé par la précision et la légèreté de son trait. Et puis il y avait cette «Suite pour violoncelle» – c'est le nom que j'ai donné à une succession de sept croquis. Ces esquisses disaient ce que nul mot n'aurait su dire. Je pouvais y sentir l'absence, le manque, une quête aussi. Il n'y avait rien dans ce carnet qui dise quelque chose de Nathalie et je me suis empressé d'y voir une filiation pas aussi fusionnelle que ce qu'elle m'avait laissé entendre.

Dehors, la tempête montait encore en puissance. C'était effrayant d'entendre le vent hurler de plus belle, la pluie battre le toit et les fenêtres et la mer rouler les galets. Vers trois heures, l'électricité a été coupée. Je suis resté prostré dans le noir. Seul le sac de couchage de Maude, chaud et réconfortant, m'a permis de tenir ma détresse à distance jusqu'au lever du jour.

13

Je me suis réveillé avec l'aube. L'électricité était revenue en fin de nuit. La lumière m'avait apaisé et j'avais enfin pu trouver le sommeil. Je déteste ces moments où l'obscurité et la mémoire embrumée de mauvais songes vous plongent dans un univers inconnu. Ne plus me souvenir de l'endroit où je me trouve me terrifie. J'ai toujours l'angoisse que cet état demeure. J'ai pris la voiture pour aller boire un café dans le village qu'annonçait un panneau ébranlé par la tempête. Enfin, c'est ce que j'escomptais, mais je n'ai rien aperçu qui y ressemble de près ou de loin. Je me suis hasardé à pied. Il faisait un froid mordant. Le vent s'était bien calmé, mais il soufflait encore avec virulence. La mer était noire et peinait à effacer ses emportements nocturnes. Les montagnes qui la bordaient étaient blanchies par une fine pellicule de neige tombée avec le lever du jour. Un paysage en noir et blanc qui s'accordait parfaitement avec mes afflictions nées de la nuit. Je suis passé devant une minuscule chapelle posée au bord de l'eau. Des galets avaient été projetés par-dessus le parapet qui la protégeait des vagues. La plage qui devait, la veille encore, se trouver à son pied avait reculé d'une dizaine de mètres pour venir se blottir contre ses flancs. Rien n'est immuable ici-bas, et cette ancestrale chapelle était appelée à disparaître, rognée, tempête après tempête, par les flots.

J'avais ça à l'esprit quand trois adolescentes ont descendu la rue qui faisait face à l'océan et se sont arrêtées à côté de moi. Elles venaient constater les dégâts de la nuit avant de prendre le bus scolaire. La plus âgée des trois devait avoir entre douze et quatorze ans. Je lui ai demandé si elle parlait anglais et s'il était possible de boire un café dans le coin. Elle m'a répondu que la station-service en haut du village faisait office d'épicerie et de bistrot. J'ai toujours été admiratif de cette aisance à pratiquer une langue étrangère dès le plus jeune âge. Je n'ai, pour ma part, pas beaucoup de mérite : ma mère était néozélandaise et m'a parlé anglais toute mon enfance – enfin, pendant les huit premières années de ma vie. Elle est morte des suites d'un accident, pendant les vacances, sans avoir eu le temps d'apprivoiser le français. Je me suis risqué à interroger la jeune fille au sujet d'un club de foot qui jouait avec des maillots vert et blanc. Elle a fait une moue disant qu'elle ne voyait pas, avant de m'inviter à poser la question au chauffeur du car scolaire parce que c'était un fan de foot. Je les ai suivies jusqu'à l'abribus. En chemin elle m'a lancé :

— Vous êtes venu faire quoi chez nous ?

Je lui ai répondu que j'étais là pour retrouver une personne que j'avais perdue de vue depuis plusieurs années. Elle m'a regardé avec une pointe d'étonnement. Quand l'autocar est arrivé, j'ai attendu que les enfants montent à bord avant de parler au chauffeur. Il m'a observé approcher avec un air interrogateur. Je lui ai posé la même question qu'aux filles, mais il n'a pas compris ce que je lui disais. La collégienne m'est venue en aide. Le gars a affiché un large sourire et dit : *KÍ Klaksvík*.

On lisait sur son visage qu'il était très fier de lui. Sans se tourner vers le chauffeur, l'adolescente a ajouté :

— Klaksvík, vous voyez où c'est ?

J'avais souvenir que ce n'était pas la porte à côté. J'ai oublié le café et pris la route en me disant que la voiture était enregistrée au nom d'Ocean Kepper, et que j'allais devoir appeler le loueur pour régulariser la situation afin de m'éviter des ennuis.

Il n'y avait pas dix minutes que je roulais quand la consule m'a appelé. Je me suis arrêté sur le bas-côté.

— Bonjour, monsieur Chauvet. Heureuse de vous entendre. Je vous ai laissé un message samedi dernier. L'avez-vous écouté ?

— Non, désolé, je suis assez occupé en ce moment.

— J'avais cru comprendre que retrouver votre fille était votre priorité…

— C'est précisément pour cela que je n'ai pas de temps à perdre.

— Je vous sens sur la défensive. Qu'est-ce qui ne va pas, monsieur Chauvet ?

— J'ai rencontré un responsable de la police avant-hier. Rien n'avance concernant la disparition de Maude, tout le monde s'en contrefout. Pour autant, en ce qui concerne les circonstances de celle-ci, les versions divergent. Je ne sais d'où vous tenez vos informations, mais il serait grand temps d'accorder vos violons.

— Et, dans ce domaine, vous êtes un expert, n'est-ce pas ? Ne vous méprenez pas, je cherche, moi aussi, à retrouver Maude.

C'était la première fois qu'elle appelait ma fille par son prénom. Il y avait là une évidente tentative d'apaisement. D'apprivoisement peut-être.

— Pouvez-vous me dire qui était votre interlocuteur ?

— Il m'a donné sa carte. Je dois l'avoir quelque part sur moi. C'était un inspecteur principal.

— Merci. Je vais les contacter, ce ne sera pas bien compliqué de retrouver la personne qui vous a reçu. De votre côté, avez-vous du nouveau ? Ce ne doit pas être simple quand on est seul sur un archipel comme le nôtre.

— Le plus difficile, c'est de composer avec les éléments. Le vent, la pluie, la neige et les brouillards noirs. La tempête aussi. La météo de ces îles est comme moi, elle passe par tous les états d'âme en vingt-quatre heures. Pour le reste, j'ai fait plus de progrès en quelques jours que vous tous ici depuis sa disparition, il y a presque trois semaines.

— Que voulez-vous dire ?

— Rien d'autre que cela.

J'ai écourté la conversation parce qu'il me tardait de me rendre à Klaksvík. Je me suis culpabilisé de mon emportement, mais j'avais du mal à supporter son ton sentencieux.

Je suis arrivé un peu avant midi. J'étais heureux de retrouver la civilisation après une longue route ponctuée de rares habitations et d'averses de neige. La ville semblait nichée au fond d'une caldeira. C'était peut-être bien le cas. Elle était ceinte par d'abruptes falaises. J'ai trouvé le club sans difficulté. Entre le stade et les bâtiments annexes, il devait occuper la moitié de la ville. Pour autant, les infrastructures semblaient désertes. Ça ne m'a guère surpris : comment pouvait-on jouer au football dans ces îles où le vent souffle sans trêve et où il pleut trois cents jours par an, quand il ne neige pas ? J'ai trouvé un employé occupé à peindre un couloir long comme une sonate de Brahms. Je lui ai demandé si le club avait des photos des équipes et si je pouvais les consulter. Il m'a répondu qu'elles étaient affichées dans le hall, avant d'ajouter :

— Je vous accompagne.

Je crois qu'il attendait un prétexte quelconque pour poser ses pinceaux. Aux murs, il y avait plusieurs alignements de photos encadrées. Le gars m'a dit qu'il espérait bien rejoindre un jour l'équipe première. Je lui ai fait part de mon admiration, histoire de gagner sa confiance. J'ai cherché une tête qui pouvait ressembler à celle que j'avais enregistrée sur mon téléphone. Le type m'a regardé faire.

— Vous cherchez quelqu'un en particulier ?
— Un joueur du club.
— Je me doute. Vous connaissez son nom ?
— Malheureusement pas !
— La division ?
— Non plus.
— En fait, vous ne savez pas qui vous cherchez.
— Si. C'est un gars que j'ai rencontré lors d'une soirée à Tórshavn. Il m'a dit qu'il jouait dans ce club.

— En quelle année?

— C'est récent. Peut-être y joue-t-il encore.

— Si vous ne le voyez pas sur celles de cette année, regardez sur les photos qui sont sur le mur du fond. Mais ne tardez pas, je vais fermer les locaux.

Dans une équipe de 2017, j'ai repéré un visage qui pouvait être celui de l'homme au harpon. Je n'étais sûr de rien. Quand le gars est revenu, je l'ai pointé du doigt.

— C'est peut-être bien lui.

— Jakup Danielsen. Il joue encore de temps à autre dans le championnat.

— Vous savez où je peux le trouver?

— Aucune idée. Tout ce que je sais, c'est qu'il travaille chez Laksefarm, c'est une ferme d'élevage de smolts située à la sortie de la ville, en filant vers le nord. Vous pouvez pas la rater.

— De smolts?

— De jeunes saumons, si vous préférez.

C'était effectivement plus parlant pour moi.

À la sortie de la ville, je me suis arrêté dans un *fish and chips*. De ma table, je voyais les cercles que dessinaient sur l'eau les parcs d'élevage. J'avais autant besoin de manger que de réfléchir. S'il s'avérait que ce type soit l'homme au harpon, qu'allais-je bien pouvoir lui dire? Il me fallait mettre en place une stratégie. Je terminais mon assiette quand sept ou huit gars sont entrés déjeuner. Ça a mis un peu d'ambiance dans la salle. Et puis j'ai pensé que l'équipe travaillait peut-être aussi à la ferme d'élevage. Je me suis avancé vers le comptoir pour payer et je leur ai demandé s'ils connaissaient Jakup Danielsen. La plupart n'ont pas fait attention à moi, mais un type m'a répondu :

— P't'être bien. Qu'est-ce que tu lui veux ?

— J'ai besoin de le joindre. Il m'a dit qu'il travaillait à la ferme d'élevage de saumons.

— Il n'était pas au boulot ce matin.

— Vous savez où je pourrais le trouver ?

— J'en sais rien. Essayez chez Eyvor, c'est au bout de la route, vous pouvez pas vous tromper.

Je n'ai pas cherché à savoir qui était Eyvor. J'ai remercié le gars en me promettant, à l'avenir, de faire un peu plus confiance à mon instinct.

14

J'ai dû faire quatre ou cinq kilomètres, dont un sur une piste à peine praticable avec ma voiture, avant de couper le moteur devant un câble tendu en travers du chemin. Le ciel était couleur cendre. Des nuages s'échappait une neige fine et collante qui ensauvageait les montagnes. Trois chiens ont déboulé en aboyant et en montrant les dents. J'ai hésité un moment avant de poser pied à terre. Je n'aime pas les chiens. Ils me flanquent des sueurs froides et ils sentent cela, l'aigre odeur de la peur. Je me suis dit que je n'avais pas le choix. Le temps de jauger une dernière fois l'agressivité des cerbères, je suis sorti avec autorité et détermination. C'était grotesque, mais ils ont reculé de trois pas et j'ai pris ça pour un signe d'allégeance. Un petit vent humide et glacial m'a immédiatement saisi. Le câble était fermé par un cadenas. J'ai résisté à l'envie de retourner à la voiture en courant, autant à cause du froid que des fauves. Le chemin boueux ne laissait rien entrevoir de l'endroit où il conduisait. Les clebs ne m'ont pas lâché et j'ai feint de les ignorer. La technique s'est avérée payante.

Après une dizaine de minutes, une bergerie de bois gris, couverte d'un toit d'herbe, est apparue.

Elle se fondait dans l'âpreté du lieu. Sur le bord du chemin, un pick-up rongé par la rouille attestait que le lieu avait été habité et j'espérais, très égoïstement, qu'il le soit encore. Un tourbillon de neige a traversé l'espace sans bruit, il a parcouru en courbant l'échine la distance qui séparait la carcasse de ce qui devait être un potager, puis il s'est effondré là, contre la clôture en pierre de basalte. Il avait piteuse allure, le potager. De fait, ce n'était plus la saison. Une bâche plastique déchirée, battant aux vents, ne protégeait plus que sporadiquement ce qui avait dû être de la rhubarbe. Derrière la maison, à l'abri des bourrasques, trois gamins dépenaillés asticotaient un phoque aussi grand que le plus grand des trois, sous le regard absent d'une femme enceinte. Ils criaient et riaient en esquivant ses attaques. Le phoque entravé portait une vilaine blessure au flanc, ce qui le rendait agressif. Un taureau dans une arène. Je déteste ces tortures et ces souffrances absurdes.

— Vous n'avez pas peur qu'ils se fassent mordre ?

— Leur père leur a appris à composer avec le sauvage qui nous entoure, m'a répondu la femme. Enfin je crois… On me l'a donné ce matin. Il s'était empêtré dans un filet. Les gosses vont s'en occuper. J'aime pas trop faire ça.

Je devais avoir un air dubitatif parce qu'elle a cru bon d'ajouter :

— Le grand a fait son premier *grind* avec son père cette année !

Ça semblait être une qualification suffisante à ses yeux.

— Et puis j'aime autant ne pas provoquer Kópakonan, j'ai assez d'ennuis comme ça !

— Qui est Kópakonan ?

— La Femme Phoque. Vous pouvez pas connaître. C'est un mythe qui court d'ici au Groenland. Ça fait un bout de chemin ! Un territoire bien trop vaste pour que ce ne soit qu'une légende… Avec les moutons ou les plantes, on n'a pas ce genre de problème. Le printemps dernier, j'ai tenté de faire un potager, mais ça n'a rien donné. Pas un légume qui fasse ne serait-ce que semblant de vouloir pousser.

Il m'est venu à l'esprit que le végétal est plus rationnel que l'homme. Pourquoi chercher à se reproduire quand les conditions propices à une existence viable et un minimum sereine ne sont pas réunies ?

— Qu'est-ce que vous voulez ?

J'avais imaginé lui demander si le type au harpon était bien Jakup Danielsen, mais c'était prendre le risque de la braquer d'emblée.

— Je suis à la recherche d'une jeune fille, je me demandais si vous ne l'auriez pas croisée dans le coin.

Je lui ai tendu la photo de Maude. Elle ne s'est pas donné la peine d'y jeter un œil.

— Vous fatiguez pas, il passe jamais personne par ici.

— Votre mari peut-être ?

— J'ai pas de mari, juste un bon à rien qui a trouvé le moyen de me mettre en cloque avant de se tirer !

— Il est parti il y a longtemps ?

— Qu'est-ce que ça peut bien vous faire ?

— Je cherche ma fille, alors toute information la concernant est précieuse pour moi.

— Je vois pas le rapport avec mon ex. On a tous nos problèmes…

— Elle est restée quelque temps ici, de septembre jusqu'à début octobre.

— Qu'est-ce que vous voulez que ça me fasse? Moi, j'ai pas le luxe de partir en vacances. C'est pourtant pas l'envie qui m'en manque. J'en peux plus de ce froid, du brouillard et de toute cette neige. Je comprends même pas qu'on puisse venir en vacances ici. Ce que je voudrais, c'est aller vivre au soleil. Y en a chez vous?

— Je suis français et chez nous il est assez généreux. Dans le Sud surtout. Je suis d'accord avec vous, moi non plus je n'aimerais pas vivre ici.

— Vous gênez pas, dites tout de suite que j'habite le trou du cul du monde!

— Désolé, ce n'est pas du tout ce que je voulais dire. C'est juste que moi aussi j'aime le soleil.

Elle m'a décoché un sourire narquois.

— Maintenant que vous êtes là, entrez boire un café.

Je ne saurais dire pourquoi, mais cette femme ne m'était pas antipathique. Il y avait quelque chose en elle qui cherchait à faire la nique à ses rêves brisés.

La cuisine sentait le pain chaud. Sur la table, il y avait trois boules à la croûte brune farinée. Dans un grand plat, un poisson apprêté patientait avant de profiter de la chaleur du four le moment venu. Les rebords des fenêtres étaient garnis de pots de fleurs.

Il y avait des bruyères, des jacinthes et d'autres encore dont je ne connaissais pas le nom.

— Ça sent bon !

— Il est encore chaud. Vous en voulez un morceau ?

J'ai acquiescé. Elle a tracé une croix au dos du pain avec la pointe de son couteau, glissé l'index sous son nez en reniflant, puis elle a replacé machinalement ses cheveux derrière ses oreilles. La pointe est passée près de ses yeux. Elle est restée comme ça un moment, le pain dans une main, le couteau dans l'autre et les yeux posés je ne sais où. Ses lèvres se tordaient comme on se tord les doigts. Elle a coupé un quignon, me l'a tendu, puis elle a posé le couteau sur le rebord de l'évier et a caressé son ventre rond.

— Votre fille, elle s'appelle comment ?

— Maude.

— Elle faisait quoi ici ?

J'ai hésité. Je l'ai regardée verser le café dans des verres avant de répondre.

— Elle militait contre les *grindadráps*.

— Je m'en doutais. Ils ont parlé d'eux hier à la télé. Je vais vous dire, depuis que les militants débarquent chaque printemps sur les îles, les gars sont devenus accros au *grind*. Le père de mon dernier par exemple, il n'y allait quasiment plus. Maintenant, avec ses copains, ils n'en ratent pas un, ne parlent plus que de ça. En juillet, ils ont tué mille quatre cents baleines pilotes et dauphins dans une matinée. Mon ex me ramène cinquante kilos de viande à chaque fois. Mon fils aîné en a trop mangé et il a développé un problème neurologique. Il a douze ans. Il aura douze ans toute sa vie. À l'école, ils ont coupé une mèche de cheveux aux enfants pour connaître le taux de mercure dans leur sang. Résultat, ses frères aussi ont un taux anormalement élevé. Ils ne sont pas les seuls. Une copine dit qu'on a tellement de mercure dans le sang qu'on pourrait faire office de thermomètre. Moi, j'en mange plus, de cette viande. Les médecins disent depuis longtemps que les femmes enceintes ne doivent pas en manger, mais Jakup, mon ex, soutenait que c'étaient des conneries. Dites à votre fille et à ses copains que s'ils veulent que ça s'arrête, il ne faut plus venir. Le temps et la pollution des océans feront le job mieux qu'eux !

Il n'y avait aucun sophisme dans ses propos, juste de l'impuissance et du désespoir.

— Comment faites-vous pour congeler toute cette viande ?

— J'ai pas de congélo. On la laisse fermenter à l'air libre pendant plusieurs semaines dans le *hjallur* qu'est là derrière. Il n'a jamais été aussi rempli !

— Qu'est-ce que c'est un *hjallur* ?

— Un cabanon à claire-voie où on met la viande.

— Votre pain est excellent.

Une esquisse de sourire est apparue sur son visage.

— J'en fais deux fois par semaine.

— Merci pour le café. Je vous laisse mon téléphone, au cas où il vous reviendrait quelque chose.

— Si vous avez deux minutes, je vous montre le *hjallur*, des fois que vous voudriez m'acheter un peu de viande...

— Je veux bien voir ce que c'est, mais je n'ai pas l'intention de manger de la viande de baleine ou de dauphin.

— Vous pourrez toujours la revendre dans un restaurant à Tórshavn. Ils l'achètent un bon prix pour faire le *raest*. C'est un ragoût de viande fermentée.

Elle a fouillé dans le tas de vêtements pendus au portemanteau fixé sur la porte, a attrapé une doudoune, l'a enfilée et nous sommes sortis. Il ne neigeait presque plus. En la suivant, j'avais les yeux rivés sur son dos. Je ne pouvais détacher mon regard de sa doudoune bleue. Du scotch gris bouchait les trous. En arrivant devant le *hjallur*, j'ai senti une forte odeur d'ammoniac. Quelques poissons séchaient à l'extérieur. Elle a ouvert la porte. Le cabanon était rempli de quartiers de viande pendus par des crochets. Il n'y avait pas que l'odeur qui était répugnante. La femme m'a regardé.

— Vous n'avez pas l'air dans votre assiette !

Je lui ai demandé :

— La doudoune, qui vous l'a donnée ?

Elle est restée interdite quelques instants. Puis une rage est montée en elle.

— Allez-vous-en ! Tirez-vous d'ici. Putain, tire-toi !

Elle a attrapé une gaffe au manche noirci de sang séché et l'a brandie vers moi, la pointe au crochet d'acier contre mon estomac.

— Eyvor, ne faites pas ça !

— Qui vous a dit comment je m'appelais ?

— Je me suis renseigné avant de venir. Je ne vous veux aucun mal.

J'ai reculé jusqu'à la maison sans la quitter des yeux. En passant devant les enfants, j'ai vu le phoque se contorsionner dans une mare de sang et j'ai pensé que ça allait bientôt être mon tour.

— C'est votre ex, Jakup Danielsen, qui vous a donné la doudoune? Je sais que c'est lui! Quand vous l'a-t-il donnée?

— Tu ne crois pas que j'ai déjà suffisamment d'ennuis comme ça? Je ne sais pas ce qu'il a encore fait comme connerie, mais c'est pas juste de venir me le reprocher alors qu'il me laisse me démerder seule avec les gosses. Achève ce phoque et ne remets plus jamais les pieds ici.

J'étais désemparé. J'ai attrapé un pieu métallique posé contre le muret et asséné à l'animal un violent coup sur la tête. Le sang a giclé sur le bas de mon pantalon et sur mes bottes. Ses yeux humides se sont éteints. La douleur l'avait quitté. Jamais je ne me serais cru capable de faire une chose pareille. J'ai vu dans le regard des enfants qu'ils étaient déçus que je casse leur jouet.

Eyvor a laissé la gaffe tomber à ses pieds. J'ai fait volte-face et me suis engagé dans le chemin. Les chiens sont venus me renifler puis ils sont retournés à leurs occupations. Après quelques pas, j'ai été pris de tremblements. Les larmes brouillaient ma vision. J'ai rejoint la voiture avec les jambes en coton et pourtant lourdes de désespoir. J'aurais aimé, je crois, que quelqu'un mette fin à mon calvaire, d'un coup de merlin, comme je venais de le faire avec le phoque.

15

J'ai fui la maison et le phoque supplicié, autant que la ville de Klaksvík. J'ai roulé dans un état second. Des brumes vaquaient à assombrir la noirceur du jour. Je passais sans transition de l'euphorie née de la découverte de la doudoune de Maude à un désespoir sans fond. Un espace de certitude qui faisait le grand écart entre mes doutes et mes espoirs.

Je me suis soudain senti très mal. J'ai ouvert ma fenêtre. Un vent blanc s'est engouffré, fade et froid comme le souffle glacé de la mort. Nul cri d'oiseau n'est venu soulager ma nausée. Mon esprit se résignait, malgré moi, à la fatalité, et cela m'était insupportable. Je me suis arrêté dans un recoin creusé dans le flanc de la montagne. La route était si étroite que des aires étaient ainsi disséminées pour permettre aux voitures de se croiser. J'ai fouillé mes poches avant d'en extirper la carte de l'inspecteur principal de Tórshavn, Terji Samuelson. Je crois que c'était la première fois que je me donnais la peine de lire son nom. Vers qui d'autre me tourner ? Il a décroché à la deuxième sonnerie. Je lui ai dit, d'un bloc, ce que je savais. La vidéo, le maillot de l'équipe de Klaksvík, le harpon, enfin tout. Il m'a répondu :

— À quoi vous jouez ?

— Je cherche ma fille. Il faut bien que quelqu'un le fasse. Vous allez interroger ce Jakup Danielsen ? Il doit dire rapidement ce qu'il sait. Chaque minute compte.

— Rien ne prouve qu'il ait quelque chose à voir avec la disparition de votre fille. Il peut tout aussi bien avoir trouvé cette doudoune quelque part, sur la plage par exemple.

— C'est lui qui a frappé Maude avec le harpon ! On le voit clairement sur la vidéo qu'elle a faite du *grind*.

Je regrettais déjà de l'avoir appelé.

— Alors vous n'allez rien faire ?

— Je n'ai pas dit ça, mais il faut rester prudent. Les choses ne sont pas toujours ce que l'on aimerait qu'elles soient. Je ne voudrais pas que vous vous fassiez de faux espoirs.

« Tu dois tirer ça de ta longue expérience en affaires criminelles », c'est ce qui m'a traversé l'esprit, mais j'ai gardé cette réflexion pour moi.

— Il me faudrait la vidéo de votre fille pour pouvoir avancer. Le maillot que vous avez trouvé aussi. Je passerai vous voir demain matin.

— Pourquoi attendre demain ?

— Ce n'est pas possible ce soir et ça peut attendre. Je contacte tout de suite le bureau de Klaksvík. Donnez-moi le nom de votre hôtel.

— Je loge dans une petite maison, le Kaldbak Lodge, c'est sur la route…

— De Kaldbak peut-être bien ? Je vais trouver, ne vous en faites pas. À demain, disons dix heures.

J'ai pensé : « Et pourquoi pas midi tant qu'on y est ? » J'ai raccroché sans me donner la peine de prendre des nouvelles de Martha et je m'en suis voulu.

À la nuit tombante, je n'étais plus très loin de la maison quand mon téléphone a sonné. J'ai pensé que c'était l'inspecteur Samuelson qui avait changé d'avis. J'ai immédiatement compris mon erreur en entendant un souffle rauque de rage contenue.

— T'es venu foutre le bordel chez moi ! Putain, j'arrive pas à y croire ! Ne remets plus jamais les pieds là-bas ou je te tranche la gorge !

Mon esprit n'a pas été long à faire le lien avec Jakup Danielsen.

— Dites-moi où est ma fille !

— Qu'est-ce que j'en sais ? Des connasses comme elle, il en débarque des dizaines chaque été.

— La doudoune bleue, celle que portait votre ex-femme aujourd'hui, c'est la sienne.

— On n'a jamais été mariés. Cette meuf est conne à bouffer du foin !

— Cette doudoune n'est pas arrivée sur ses épaules par hasard ! On vous voit sur une vidéo frapper ma fille avec un harpon. Qu'est-elle devenue ?

— Quelle vidéo ?

— Celle de la caméra de ma fille.

Il y a eu un silence. Jakup Danielsen semblait encaisser le coup.

— C'est impossible ! C'est du bluff, t'as aucune preuve de ça.

— On vous voit sur le bateau, avec votre maillot de foot de l'équipe de KÍ Klaksvík, le même que celui qu'on a retrouvé dans une grotte de la baie de Vidvík. On vous voit aussi arriver vers elle après le *grind*, alors qu'elle est allongée derrière des rochers. Qu'est-ce que vous avez fait d'elle ? Qu'avez-vous fait à ma fille ?

Sur la vidéo de Maude en réalité, on n'entendait que des voix, mais Danielsen n'a pas tiqué. C'était un pas de plus vers la vérité.

— La GoPro était vide. Comment tu aurais trouvé une carte mémoire qui n'existe pas ?

Ça m'a fait un choc terrible de l'entendre dire cela. Il ne contrôlait plus rien et son cerveau de bulot devait être en ébullition. Je n'étais moi-même pas loin de me laisser submerger par mes émotions, au risque de perdre le fil de la conversation. Un fil que je devais étirer avec lucidité et sang-froid.

— Elle existe puisque je l'ai récupérée. Comment saurais-je tout ce que je vous ai dit si je n'avais pas vu la vidéo ?

— Nom de Dieu de merde... Tu l'as déjà montrée à quelqu'un ? Tu en as fait des copies ? Tu les as envoyées ?

— Non ! Moi, ce que je veux, c'est retrouver ma fille.

— T'es un sacré fils de pute. Si tu montres quoi que ce soit, je te jure que tu finiras sur l'autel de la cathédrale Saint-Magnus, comme votre putain de copain qui nous cassait les couilles. Avec une poignée de dents de baleine pilote dans la bouche pour remplacer celles que je t'aurai fait cracher.

— Alors, Alan, c'est vous aussi…

— Tu vas la fermer ta grande gueule !

Danielsen perdait les pédales, il avait du mal à rassembler ses idées, je le sentais.

— Si tu veux revoir ta fille, ne parle de ça à personne. Il me faut cette carte mémoire. Viens à Klaksvík ! Non, attends… putain de Dieu, je te rappellerai.

— Elle est vivante ? S'il vous plaît, dites-moi qu'elle est vivante !

Les bips m'ont signifié la fin de la conversation. Pour dire que le compte à rebours était lancé, peut-être bien. Ils résonnaient comme une menace dans le silence de la nuit et ça m'a flanqué la chair de poule. Un silence habité, venteux et tapageur, feutré par l'habitacle de la voiture. Je m'en voulais : comment avais-je bien pu être stupide au point de donner mon numéro de téléphone à l'ex de ce type qui était de toute évidence lié à la disparition de Maude ? La nuit, comme mon esprit, s'épaississait dans une mélasse de sentiments confus.

En arrivant vers l'embranchement conduisant à mon logement, j'ai remarqué une camionnette qui circulait lentement. Je n'avais croisé que deux véhicules, dont un autocar, depuis Klaksvík. Elle semblait chercher son chemin. Quand elle est arrivée à ma hauteur, j'ai vu sur son flanc le logo de la ferme à saumons et son nom, *Laksefarm*. Je me suis recroquevillé sur mon siège, paniqué. Ça ne pouvait être le fruit du hasard : Jakup Danielsen m'avait trouvé. Mais comment avait-il pu me localiser aussi rapidement ? J'en avais le souffle coupé. Je me suis engagé sur le chemin qui menait au lodge, me suis arrêté après une vingtaine de mètres et j'ai éteint mes feux. La camionnette est repassée devant le carrefour, puis elle a cessé ses va-et-vient. Je n'osais plus bouger. J'ai attendu un long moment, attentif au moindre bruit, avant de rejoindre la maison.

En sortant de la voiture, une puissante odeur d'humus mêlée aux effluves venus de la mer m'a saisi. Un distillat de sauvagerie. Je n'en menais pas large. J'ai ouvert la porte et la lumière m'a rasséréné. Je me suis assis devant la fenêtre, face à la mer, et j'ai machinalement feuilleté une brochure touristique qui disait que les îles Féroé étaient «un des endroits les plus sûrs de la planète». Ça ne m'a que moyennement convaincu. «Il faut se méfier de l'eau qui dort» m'aurait semblé être une information plus avisée. Je ne suis resté que quelques minutes, planté là, le temps de me remémorer les menaces de Danielsen. Puis j'ai embarqué à la va-vite quelques affaires et mon Mirecourt, bien décidé à ne pas passer la nuit dans ce qui était devenu un coupe-gorge.

16

J'ai passé la soirée à me vautrer dans la *Sonate au clair de lune* de Beethoven pour ne pas sombrer et une bonne partie de la nuit à somnoler devant la télévision, dans la chambre d'une *guesthouse* de Tórshavn. Les rues étaient désertes. Seul le sempiternel vent les arpentait en tirant de chaque encoignure une plainte déchirante. Je me sentais mal, mais en sécurité. J'avais besoin d'entendre des voix, qu'importe ce qu'elles avaient à dire ou à chanter. Je ne voyais plus Maude que dans un clair-obscur. Le pire se dessinait heure après heure. L'angoisse des jours à venir m'asphyxiait.

Je me suis endormi peu avant l'aube. Un sommeil agité dans lequel je traversais une forêt de pendus qui se balançaient aux branches d'arbres sans tronc. Des femmes uniquement, droites et fières, la tête tournée vers moi, le regard volé par des corneilles, plus sur terre mais pas encore parties. Je chassais les nuées de corvidés tournant autour des corps. Ils revenaient sans cesse à la charge avec l'opiniâtreté impavide des charognards. Des skuas auraient été plus indiqués dans le contexte des Féroé, mais on ne cauchemarde qu'avec les ombres de notre passé.

C'est le téléphone qui m'a réveillé.

— Monsieur Chauvet ?

J'ai immédiatement reconnu la voix de l'inspecteur Samuelson. Mon téléphone affichait dix heures dix et je me suis souvenu que nous avions rendez-vous à dix heures au lodge.

— Oui, désolé...

— Bon Dieu, qu'est-ce qui s'est passé ? Je suis chez vous, à l'adresse que vous m'avez donnée. La porte était ouverte, alors je suis entré. Tout a été saccagé à l'intérieur. En ne vous voyant pas, je me suis fait un peu de mouron, vous comprenez, rapport à ce qui se passe en ce moment...

— Jakup Danielsen, le type qui a donné la veste de ma fille à son ex-compagne, vous vous souvenez ? Il m'a menacé, alors j'ai préféré les lumières de Tórshavn au lodge. Je n'ai pas fait attention à l'heure, je n'ai pas beaucoup dormi. Laissez-moi une demi-heure et je vous rejoins.

— J'aime autant ça ! Faites vite.

Je me suis habillé en toute hâte et je suis sorti. Dans la rue, j'ai cherché ma voiture. Dans le marasme des heures passées, mon esprit embrumé peinait à ajuster sa focale. J'ai douté de ma mémoire avant de me rendre à l'évidence : elle avait bel et bien disparu. J'ai rappelé l'inspecteur Samuelson pour lui en faire part. Il m'a demandé l'adresse de la *guesthouse*. Un quart d'heure plus tard, une voiture de police entrait dans la rue en lançant de violents éclats bleus sur le sol et les murs lustrés par la pluie. Je suis monté à bord. Le flic n'était pas bavard, ça tombait bien, j'ai laissé mon esprit se perdre dans l'éclaircie qui perçait. Nous avons rapidement quitté la ville. Un soleil froid jaunissait les vastes prairies boréales et la neige recouvrant les sommets. La côte s'enguirlandait d'écume dans le fracas des vagues qui l'assaillaient. C'était déconcertant de puiser dans les brumes déchirées et le ciel en rémission un réconfort, alors même que dans ma poitrine mon cœur battait, au son des tambours, une marche funèbre.

Devant la maison, il y avait deux voitures, celle de l'inspecteur et une Volvo break vieillissante. À l'intérieur, un immense capharnaüm. Quelqu'un s'était évertué à retourner tout ce qui était mobile. De la cafetière aux matelas, ça faisait pas mal de choses. L'inspecteur est venu vers moi.

— Vous voilà ! Si vous étiez resté là, le gars ne serait sûrement pas entré, et le propriétaire que voici n'aurait pas tous ces soucis à régler. J'espère que vous êtes bien assuré ! À votre avis, il cherchait quoi ?

Je me suis demandé si Samuelson était juste stupide, dépassé, incompétent ou s'il avait des consignes.

— L'ordinateur, vous avez vu l'ordinateur qui était posé sur la table ?

— Ne touchez à rien, une équipe va venir relever les empreintes.

— Si vous m'aviez écouté, ça ne serait pas arrivé !

— J'ai prévenu mes collègues de Klaksvík, apparemment Jakup Danielsen n'était pas chez lui.

— Ici, peut-être ?

— Qu'est-ce que j'en sais ?

— Et chez son ex, ça a donné quoi ? Vous avez récupéré la doudoune bleue de ma fille ? Vous avez perquisitionné ?

— Je n'ai pas eu de retour. Et que cette doudoune soit celle de votre fille, ça reste à vérifier !

— Alors, vérifiez avant qu'il ne soit trop tard. Ça l'est sûrement déjà…

— Vous semblez m'en vouloir. Mais tout ça n'est quand même pas ma faute. Faut-il vous rappeler que c'est un délit de s'opposer aux *grindadráps* ? Bon, si vous me donniez cette fameuse vidéo et ce tee-shirt qui vous tracassent tant ?

— Un maillot de club de football, pas un tee-shirt ! Tout était ici. Je ne retrouverai probablement rien. Mais si quelqu'un s'est donné tout ce mal, c'est bien la preuve que ce que je vous ai dit est exact. Vous avez des enfants, inspecteur ?

Il ne m'a pas répondu. S'est renfrogné. L'arrivée de ses collègues lui a servi de prétexte pour s'éclipser.

Il était midi passé quand j'ai pu récupérer mes affaires. Le maillot taché de sang avait disparu. L'ordinateur prêté par Ueli aussi. Il y avait une copie de la vidéo dessus, mais j'avais gardé avec moi la carte mémoire et le téléphone de Maude – en somme, tout ce qui était important. Je suis retourné à Tórshavn comme j'étais venu. Le flic m'a dit que c'était certainement l'agence de location qui avait récupéré ma voiture parce qu'il n'y avait jamais de vol sur les îles. Au regard de leurs tailles, ça me semblait assez logique : il était inenvisageable qu'un véhicule volé se fonde dans la masse.

Quand nous sommes arrivés, le soleil s'était laissé piéger par une brume glaciale qui éteignait le jour et pesait sur la ville. Le flic m'a laissé à un carrefour en me disant que la *guesthouse* était à cinq minutes. Il m'a fallu cinq fois plus de temps pour la rejoindre.

J'ai eu la désagréable surprise de trouver mes affaires dans le hall d'entrée. Je suis allé frapper à la porte du propriétaire pour avoir des explications, mais il ne m'a pas ouvert. Je me suis dit qu'il n'y avait pas que Jakup Danielsen qui représentait une menace, que c'était tout l'archipel qui s'était ligué contre moi. Je me suis assis sur ma valise, fatigué et totalement découragé. Puis j'ai pris la direction du port. Je me devais de dire à Ueli que son ordinateur avait été volé dans la nuit et prendre des nouvelles de Martha aussi. Pour être honnête, c'était surtout du réconfort que j'allais chercher. Il y avait, dans cette équipe de militants ayant côtoyé Maude, une atmosphère qui me rassérénait. Je savais que le lendemain elle ne serait plus là, embarquée sur le ferry autant que dans une autre campagne d'Ocean Kepper, et un sentiment d'abandon m'assaillait déjà. Je me retrouvais comme au premier jour dans ces îles, mon violoncelle sur le dos, tirant ma valise à roulettes, sur laquelle j'avais fixé le sac à dos de Maude. Je me faisais l'effet d'un *hobo*, d'un clochard que le céleste n'aurait pas effleuré.

Je me traînais ainsi quand mon téléphone a sonné. C'était Susan, la responsable de l'équipe d'Ocean Kepper.

— Je voulais m'excuser. J'aurais aimé avoir plus de temps à vous consacrer, mais c'est la première fois que nous avons à faire face à ce genre de situation. Perdre l'un des nôtres et ne plus avoir de nouvelles de Maude est dramatique et difficile à vivre. Nous quitterons les Féroé demain matin à six heures. Bien sûr, nous sommes et resterons à vos côtés.

— Ueli m'a informé de votre départ. Je me proposais de passer le voir, je ne suis pas très loin du port. Nous pouvons nous y retrouver.

— Oui, faisons cela. À tout de suite.

Sur le quai des ferrys, les barrières Vauban qui parquaient les voitures, comme les hommes, avaient disparu. Nul agent ou militaire ne restreignait l'accès à la zone. Ça m'a étonné. Les militants d'Ocean Kepper chargés de rapatrier les véhicules et les bateaux sur le continent organisaient le départ. Des caisses étaient chargées et sanglées dans les puissants semi-rigides endormis sur leur remorque. Je me demandais quel était celui sur lequel avait embarqué Maude... Ueli m'a fait un signe de la main et il est venu à ma rencontre. Je lui ai dit que son PC portable avait été volé. Il a fait une grimace et m'a accompagné jusqu'au camping-car de Susan. Avant que je monte à bord il m'a retenu par le bras.

— Pour la vidéo de Maude, je me suis fait engueuler. J'aurais dû en faire une copie avant que vous ne partiez. Autant que vous le sachiez avant de voir Susan.

Ça a douché ma quête de réconfort. Susan était au téléphone quand je suis entré. Elle a esquissé un sourire. Sa conversation avait la courtoisie venimeuse de personnes ayant des divergences d'opinions. J'ai patienté cinq minutes, le temps qu'elle termine.

— Excusez-moi, mais nous avons encore plusieurs choses à régler avant de partir. Comment allez-vous, monsieur Chauvet ? Avez-vous des nouvelles ?

Le ton de sa voix était encore un peu perché. J'ai livré, sans trop de raccourcis, mais sans m'étendre, mes avancées dans la quête de Maude. Les aveux maladroits de Danielsen. Mes mésaventures aussi. Je dois dire que ça a créé chez elle une certaine effusion :

— Mon Dieu, vous êtes un homme plein de ressources ! Je suis impatiente de voir cette vidéo.

Il y avait un je-ne-sais-quoi de condescendant dans sa façon de communiquer qui collait mal avec l'idée que je me faisais d'une meneuse activiste.

Après avoir visionné les images du *grind*, Susan s'est levée, en proie à une vive fébrilité.

— Cette campagne a été très dure, mais avec ces images de harponnage nous avons maintenant de sérieux atouts. Il nous faut savoir à qui appartient le bateau à clins que l'on voit sur les images. C'est un bateau traditionnel, ça ne devrait pas être trop compliqué. Il faut que nos avocats voient ça. Ils sont très efficaces. Ils viennent d'ailleurs d'obtenir l'annulation de la garde à vue de Martha pour vice de procédure ainsi que de notre assignation à résidence sur ce quai. Je vais leur faire parvenir la vidéo immédiatement.

J'étais tiraillé entre la divulgation des images et la marge de manœuvre que je pensais devoir garder avec Danielsen. J'en ai fait part à Susan. Ses traits se sont durcis. Elle s'est emportée :

— Ces images, ce sont celles d'Ocean Kepper. Maude et Alan ont donné leur vie pour elles, pour la cause des cétacés, pour notre lutte contre les *grindadráps*, et vous voudriez vous les approprier ?

— Pourquoi dites-vous que Maude est morte ? Est-ce que vous me cachez des informations ?

— Non, bien sûr que non. Mais enfin, vous voyez bien ce que je veux dire...

Je voyais surtout que l'arrêt des *grindadráps* était un combat, pas la quête de Maude. L'individu et ses intérêts particuliers s'effacent devant la cause.

— Ces images, ce sont d'abord celles de Maude. Laissez-moi une semaine. Il faut que je trouve un moyen de faire parler Danielsen. Il faut qu'il me dise où est ma fille.

— Comment comptez-vous faire ? Ce n'est pas envisageable. C'est le rôle de la police.

— Elle ne fera rien. Il faut avoir vu l'inspecteur principal Terji Samuelson à l'œuvre pour comprendre ça.

— Après la diffusion des images, ce sera bien différent.

— Je ne vois pas ce que ça changera.

— Je vais essayer d'être concise. Les îles Féroé ne sont pas reconnues par l'ONU comme une nation indépendante. Les globicéphales noirs, ou baleines pilotes si vous préférez, et les dauphins sont protégés par la convention de Berne. L'archipel n'est pas signataire de cette dernière, mais le Danemark, pays de tutelle des Féroé, l'est. Ce sont ses soldats qui viennent nous arrêter, leurs navires qui arraisonnent nos bateaux. Le gouvernement féroïen touche des millions d'euros émanant du Fonds européen de développement et d'autres aussi, indirectement, via le Danemark. Nous voulons faire cesser ça tant que les massacres rituels des cétacés dureront. Il faut que l'Europe prenne ses responsabilités. En cela, les images de Maude vont nous être précieuses auprès de l'opinion publique. Les vidéos de *grindadráps* commencent à faire réagir. Si l'on y ajoute le harponnage de cétacés, le meurtre et la disparition inquiétante de militants pacifiques, les autorités ne pourront plus esquiver la problématique.

— Et ma fille, en quoi ça m'aidera à la retrouver ? Vous parlez d'Europe et de baleines pilotes, alors que j'aimerais vous entendre me parler d'elle, me dire ce que vous et votre organisation avez mis en œuvre pour la retrouver. Qu'est-ce que vous avez fait depuis sa disparition ? Et le jour même du *grind*, Susan, qu'avez-vous fait, parce que sur la vidéo c'est bien avec vous qu'échangent par radio les personnes embarquées avec Maude, non ? Si le zodiac avait fait demi-tour, après le coup de harpon, pour conduire Maude à l'hôpital, elle serait aujourd'hui ici, avec nous. Le constat que moi je fais, c'est celui-là.

J'avais ça en tête depuis le premier visionnage, mais je m'étais jusque-là refusé à le formuler.

— C'est Maude qui a fait ce choix. Vous l'avez entendue comme moi.

— J'ai fait le mien.

— Vous faites une erreur, monsieur Chauvet. Vous n'avez rien à attendre de gens comme eux, mais après tout, ça vous regarde. Si vous me confiez la vidéo, nous ne divulguerons rien avant mardi prochain. Vous devez me faire confiance. Maude vous dirait la même chose.

Je me suis résolu à lui donner la carte mémoire. Elle l'a copiée sur son ordinateur, m'a souhaité bon courage et je suis sorti. Il pleuvait. C'était heureux, je crois. Une disharmonie avec l'aigre tension et le désespoir nauséeux qui m'accablaient aurait été trop violente. La seule bonne nouvelle était que Martha n'aurait pas à passer sa dernière nuit aux Féroé en cellule.

17

Je suis allé m'enfermer dans un café. Ma situation n'était vraiment pas brillante. Je me demandais si Jakup Danielsen allait réellement reprendre contact avec moi. Plus les heures passaient, plus je me prenais à espérer que ses menaces s'étaient évaporées avec la nuit. Je n'avais échafaudé aucune stratégie, n'avais aucune idée de ce que je devais dire ou ne pas dire. Rien que d'y penser, j'en avais des sueurs froides. Il me fallait également retrouver un logement. J'ai loué une voiture dans une agence du centre et trouvé une autre *guesthouse*. Je craignais des difficultés, mais tout s'est déroulé normalement. Le complot que j'avais cru fomenté contre moi par la ville entière s'effondrait. Il avait pollué mon esprit. J'en avais conclu que le propriétaire de la chambre de la veille avait dû m'imaginer peu fréquentable en voyant l'agence de location venir récupérer sa voiture et les flics m'embarquer peu après. Ça a eu pour effet de faire descendre mon stress d'un cran. Je me suis installé et j'ai appelé Martha. Elle n'a pas répondu. Je lui ai laissé un message lui disant que Susan m'avait appris sa libération, combien j'en étais heureux et que je me proposais de l'inviter à dîner pour fêter cela. Quelques minutes plus tard, elle me rappelait pour me dire qu'elle était d'accord pour manger avec moi, mais sans attendre, «parce que j'ai les crocs et que j'ai prévu de passer la soirée avec l'équipe d'Ocean Kepper». Il était dix-sept heures trente.

Nous nous sommes retrouvés dans un restaurant du centre. Sa vitrine annonçait : «Petit restaurant niché dans un environnement effrayant, au milieu du monde» et ça collait parfaitement avec l'idée que je me faisais des lieux.

Le séjour en prison avait laissé des traces sur Martha. Elle avait les traits tirés. Je lui ai relaté la vidéo et tout ce qui s'était passé en son absence. Elle m'a dit :

— Alors Maude était dans la baie, seule et blessée, pendant que ces connards de militaires nous traînaient jusqu'à leurs bateaux. Les voix que tu entends en fin de vidéo, il faut les faire écouter à Niels, peut-être qu'il pourra comprendre quelque chose.

— Est-ce que tu sais comment les chasseurs transportent les corps des baleines pilotes après le *grind* ?

— Ils les accrochent aux flancs des bateaux et les remorquent jusqu'au port de Vidareidi, pourquoi ?

— Ils font plusieurs voyages ?

— Tant qu'il y a des corps.

— Alors quelqu'un a pu transporter Maude sans attirer l'attention.

— Oui, sans aucun doute. Ça expliquerait qu'un type ait fait le guet dans la grotte pour s'assurer que personne ne s'approche de Maude. Tu comptes faire quoi quand cet abruti de Danielsen t'appellera ?

— Peut-être qu'il ne le fera pas. Il l'aurait déjà fait, je crois.

— Il va te contacter. D'une manière ou d'une autre, il va le faire, sois-en sûr !

— Franchement, j'en sais rien. J'improviserai. Je veux juste qu'il me dise où est Maude.

— Garde à l'esprit que ce type dit avoir tué Alan, même s'il ne devait sûrement pas être seul. Et puis cette histoire de vidéo, ça pue. Je ne sais pas ce qu'il y a derrière, mais je ne crois pas que ça puisse être sa seule motivation. Tu peux toujours lui donner la carte mémoire de la GoPro, mais ce ne sera pour lui en rien la garantie d'en avoir l'unique exemplaire. Il faudrait être vraiment con pour imaginer ça !

— Peut-être bien, mais c'est ma seule et sans doute unique chance de savoir ce qui est arrivé à Maude.

— Laisse faire les flics, ils finiront par le faire parler.

— Pour ça, il faudrait qu'ils l'arrêtent. Un peu de motivation aussi et accessoirement des motifs. Je doute qu'il réitère ses aveux devant eux. La vidéo n'a de valeur que pour dénoncer les pratiques des chasseurs, mais elle ne montre pas clairement l'implication de qui que ce soit dans la disparition de Maude. Pour ça, il faudrait que les flics récupèrent la doudoune chez son ex, mais il est probablement trop tard maintenant.

— Comment tu peux être certain que c'était la sienne ? Tu ne l'as jamais vue !

— Grâce à la description que tu m'en as donnée. Le scotch gris pour colmater les déchirures surtout m'a frappé. Cette femme, Eyvor, a fait le même rapprochement que moi. Elle a immédiatement compris que son ex était impliqué dans la disparition de Maude. Elle a fait le lien entre ce vêtement et ce qu'elle a pu voir ou entendre par ailleurs.

— Tu es retourné la voir ?

— Non, je ne pense pas que ça serve à grand-chose, elle l'a déjà fait disparaître, il n'y a aucun doute. Et puis j'aimerais autant ne pas tomber sur Danielsen.

— C'est pourtant ce que tu t'apprêtes à faire... Bon, si on commandait ?

Ça m'a décontenancé. Martha avait cette concision d'esprit et cette énergie qui me faisaient défaut.

Elle a demandé un menu sans viande et j'ai fait l'erreur de ne pas la suivre dans cette voie : quel que soit le contexte, avec Martha, la militante n'était jamais bien loin.

— Comment tu fais pour commander ça, pour ne pas voir ce qu'il y a derrière un morceau d'agneau ?

— Désolé, c'est moi qui t'invite et je manque à tous les usages. J'avais oublié que tu étais végétarienne.

— Végane, parce que la violence infligée aux animaux est une négation de notre humanité, une négation de ce qu'il peut y avoir d'intelligence dans les relations à nouer avec les autres espèces de cette planète. La première chaîne de travail sur cette terre était une chaîne d'abattage. Elle a été mise en place dans les abattoirs de Chicago en 1870. Ce n'était pas une chaîne pour construire des bagnoles ou des mécaniques agricoles, comme on pourrait le penser.

Ça dit quelque chose du monde dans lequel nous sommes, tu ne trouves pas ? Nous avons industrialisé la mort et la violence en créant des élevages intensifs pour faire du fric. La majorité des habitants de cette planète ne veulent être rien d'autre que des consommateurs, manger de la viande, consommer des tas de produits laitiers, mais surtout ne jamais voir la mort, ne jamais l'entendre. C'est perturbant les cris des agneaux, des veaux, des porcs, des vaches ou des chevaux. On aimerait qu'ils n'aient pas d'émotions, mais ils en sont pourvus, autant que nous, pas moins, parfois plus. Si les murs des abattoirs étaient transparents, les soirées barbecues seraient moins festives.

— Le lait, Martha, je ne vois pas le rapport avec le lait.

— Sérieusement, tu ne vois pas le rapport ? Tu vis vraiment en coloc avec Blanche-Neige et Peter Pan ! La vache, comme tous les mammifères, doit être gravide pour avoir des montées de lait. Enceinte, si tu préfères. Et que crois-tu qu'il advienne des nouveau-nés ? Les veaux sont arrachés à leur mère, nourris au lait en poudre et, quand ils ont pris suffisamment de poids pour être rentables, ils filent à l'abattoir. Promène-toi un jour autour d'une étable après le vêlage, tu entendras les mères appeler leurs petits et réciproquement. Tu ne te demanderas plus pourquoi. Quand les mères n'ont plus de lait, on les insémine de nouveau et ainsi de suite jusqu'à épuisement. Alors on les sort des rangs, elles quittent leurs copines d'infortune et on les emmène…

— C'est bon, j'ai compris !

— Il n'est jamais trop tard…

— Et les peuples autochtones d'Arctique, d'Amazonie, d'Afrique et de je ne sais où encore, il faut aussi aller leur porter la bonne parole et les convertir ?

— Les convertir, pour quoi faire ? Ce sont les plus respectueux d'entre nous.

— Pourtant ils chassent, pêchent, boivent le lait de leurs rennes ou de leurs chèvres, j'imagine…

— On ne se comprend pas. Je te parle de grands principes sociétaux, d'élevages industriels déconnectés du vivant et tu me parles de chasseurs-cueilleurs. Les chasses de subsistance ont leur légitimité. Le type tire le gibier qu'il débusque comme il fait provision de bois pour l'hiver. Ces chasses-là sont devenues rares parce que rares sont ceux qui ont besoin de chasser pour se nourrir. Avant que tu poses la question, je vais y répondre : oui, les *grindadráps* entraient autrefois dans cette catégorie !

— J'admire l'énergie que tu déploies, Martha. Tu penses vraiment qu'il est possible de faire émerger un nouvel usage du monde ? Est-ce que Maude est aussi… opiniâtre que toi ?

— À ton avis ? On ne rejoint pas une ONG comme Ocean Kepper pour enfiler des perles.

— Moi non plus je n'aime pas la chasse. Je n'aime pas quand les chasseurs spolient bois, montagnes et prairies. Et puis je préfère le chant des oiseaux à celui des fusils.

— J'ai une autre raison pour ça. Une putain de bonne raison.

Elle ne m'a pas dit laquelle.

Je l'ai accompagnée jusqu'au port. Un brouillard sombre avait plongé la ville dans l'obscurité. C'est difficile de laisser partir quelqu'un avec qui on se sent bien et que l'on sait ne plus revoir, sauf en s'en remettant au hasard et autres bizarreries de la vie. Elle-même hésitait à franchir le pas, je l'ai senti.

— Tu me tiens au courant ?

J'ai promis de le faire.

En s'éloignant, elle s'est retournée et m'a lancé :

— N'affronte pas Danielsen seul. Ne joue pas les Rambo.

— Ma seule arme, c'est la pique de mon violoncelle. Quant au courage, j'en ai juste la quantité nécessaire pour affronter un public.

Ça l'a fait sourire.

18

Dès le son de sa voix, mon corps s'est tendu, une douleur s'est nichée entre mes omoplates. Il était vingt-trois heures. Jakup Danielsen avait plus d'assurance que la veille. Il me donnait rendez-vous au cimetière de Kvívík à six heures. Il a insisté sur le fait qu'il me fallait venir seul et m'a débité, en guise d'encouragement, la liste des sévices qu'il se promettait de m'infliger si je ne respectais pas la consigne. Je lui ai répondu que je préférais un endroit public, comme un café ou une galerie marchande. Il m'a répliqué :

— On avait pensé au bureau du *løgmadur*, mais on a eu peur que tu taches la moquette.

Il y a eu des rires. Danielsen n'était pas seul. C'était assurément le genre de type qui puise son audace et sa morgue dans le collectif, dans l'idée d'être la descendance de rudes guerriers pour occulter un crétinisme primaire. Une litanie d'insultes a suivi pour dire ce qu'il pensait de ma proposition. Je n'avais aucune idée de qui était le *løgmadur* et m'en fichais éperdument parce qu'il ne pouvait m'être d'aucun secours. J'ai étudié ma carte des Féroé. Kvívík, situé à une demi-heure au nord de Tórshavn, est un des plus anciens villages de l'archipel. On y trouve un cimetière viking. Dans cette partie du monde, en automne, le jour ne se lève guère avant neuf heures quand il ne fait pas trop mauvais. Un cimetière viking, la nuit. On en revenait toujours à la tradition. Un cauchemar à la Stephen King. J'ai passé ma vie à fuir les emmerdes, les types aux mines patibulaires et les rixes, avec la même fulgurance qu'un oiseau entendant la clochette d'un chat. Une question d'éthique, de survie peut-être bien, de lâcheté sans doute, alors je peinais à croire que je m'étais fourré dans un tel guêpier. Mon esprit s'est instantanément mis en mode essorage. La tête me tournait. Ma matière grise s'est agglomérée sur les parois de ma boîte crânienne et rien d'autre qu'une peur crasse n'en dégouttait. Je suis descendu dans la pièce commune de la *guesthouse* en quête d'un alcool fort. Il n'y avait que des bières locales en libre service. Ce n'était pas ce que je cherchais mais ça a fait l'affaire. Je suis remonté dans ma chambre avec suffisamment de canettes pour assommer l'angoisse d'un type qui patiente dans l'antichambre de la mort. J'avais une impérieuse envie d'appeler Martha et j'ai dû me faire violence pour la contrecarrer. Plus tard dans la nuit, alors que le sang battait à mes tempes, notre conversation m'est revenue en mémoire. Deux choses en émergeaient : elle m'avait dit d'éviter Danielsen et elle s'était demandé pourquoi je n'étais pas retourné chercher la doudoune de Maude chez son ex. La fusion de ces deux préconisations était sans doute la meilleure des solutions : je devais retourner chez son ex, pendant que lui m'attendrait dans le cimetière viking – au moins serais-je sûr de ne pas le croiser. Ce n'était peut-être pas l'idée du siècle, notamment parce qu'il me faudrait débarquer chez Eyvor à six heures, mais j'en avais pas de rechange. Je me suis allongé en tentant de faire taire la voix qui me disait de fuir ce monde interlope. J'ai monologué, le carnet à dessin de Maude posé sur mon ventre. Maude évanouie, Maude au téléphone qui sonnait dans le vide, au destin qui rongeait moins la cheffe égotique des anti-*grindadráp* que la vie des cétacés croisant dans les eaux féroïennes…

À quatre heures, je me suis levé. J'ai avalé deux ibuprofènes, ouvert l'étui de mon violoncelle pour puiser en lui la force d'affronter les heures à venir, et je suis sorti. La nuit glaciale, les miaulements du vent et la pluie courant sur les toits en tôle m'ont assailli. Je me suis précipité dans ma voiture. En passant devant le port, j'ai vu un ferry baigné dans une lumière blanche, qui manœuvrait pour se mettre à quai. Ça a été un moment difficile. L'équipe d'Ocean Kepper allait entrer dans son ventre d'acier et abandonner ma fille dans ce bout du monde. Son sort semblait ne plus intéresser personne. Après un moment d'abattement, ça m'a aiguillonné, cet abandon.

En quittant la ville, l'obscurité et le rideau de pluie rendaient la nuit impénétrable. Les feux n'éclairaient que le déluge qui s'abattait sur ma voiture et les jalons plantés de part et d'autre de la chaussée. La fatigue et les vapeurs d'alcool pesaient sur moi. Je doutais de la réalité du moment autant que de ce que je m'apprêtais à faire. Après une heure de route, des phares m'ont aveuglé. Je me suis arrêté sur le bas-côté et une camionnette est passée à ma hauteur en ralentissant. J'ai eu peur que ce soit Jakup Danielsen. J'ai accéléré sans tourner la tête vers le chauffeur. Mes mains tremblaient comme des feuilles de peuplier avant l'orage. La peur m'a accompagné quelques kilomètres, le temps d'être certain que personne ne me suivait. La lumière, dans le tunnel avant Klaksvík, m'a apporté un peu de réconfort. Je suis passé devant la ferme à saumons puis me suis engagé dans le chemin conduisant chez l'ex de Danielsen. Il était boueux et la voiture glissait de part et d'autre des ornières. Je me suis embourbé bien avant le filin qui m'avait fait obstacle la première fois. J'ai enfilé mon imperméable avant de sortir. Dans le sac de Maude, j'avais trouvé des équipements qui me faisaient défaut, notamment une lampe frontale. L'eau a fouetté mon visage. C'est difficile de marcher vers le néant dans l'agitation brutale d'une nuit de tempête. La lumière capricieuse de la lampe frontale jetait des éclats qui entaillaient les ténèbres comme le feu d'un phare. J'avais beau la tapoter, rien n'y faisait. Je n'ai pas osé sortir mon téléphone sous un tel déluge. J'ai tripoté un moment l'interrupteur de la frontale avant de comprendre qu'il offrait plusieurs positions.

Les chiens sont venus à ma rencontre, comme je m'y attendais. Après m'avoir reniflé les mollets, ils ont filé se mettre à l'abri. Une des fenêtres de la ferme était éclairée. Ça m'a rassuré. J'ai frappé plusieurs fois à la porte sans que rien ne bouge. Je suis allé jusqu'à la fenêtre qui laissait échapper une petite tache jaune sur le sol moussu. Elle donnait sur une chambre vide. Je suis retourné à l'entrée. La porte n'était pas verrouillée. Je l'ai poussée et j'ai appelé. J'ai fait un pas pour chercher l'interrupteur, la lumière a inondé la cuisine. Il y avait un furieux désordre et ça m'a étonné. Lors de ma précédente visite, la pièce m'avait semblé proprette, une frontière qui tendait à tenir à l'extérieur la sauvagerie des lieux. Je me suis demandé si je devais quitter mes bottes et mon imperméable parce qu'un lac venait de se former à mes pieds. J'ai continué à appeler tout en avançant. Le bruit de succion de l'eau dans mes bottes me glaçait le sang à chaque pas. J'ai trouvé Eyvor dans les toilettes. La porte ne pivotait plus que sur un seul gond. Elle était étendue sur le sol. J'ai relevé ses cheveux, son visage n'était rien d'autre qu'un hideux amas de chairs tuméfiées. Son pouls battait. Du sang tachait ses vêtements. Je suis allé chercher des couvertures pour la réchauffer, puis j'ai pris mon téléphone pour appeler les secours. J'ai tenté le 112 parce que je n'avais aucune idée du numéro de secours opérant dans l'archipel, par miracle ça a fonctionné. J'étais terriblement inquiet parce qu'Eyvor perdait beaucoup de sang et qu'elle semblait être, dans le même temps, sur le point d'accoucher, ce qui ne présageait rien de bon. Sonné et complètement désemparé, je maudissais Jakup Danielsen. Il n'y avait que lui pour faire une chose pareille. Peut-être bien qu'il avait flanqué des coups de pied dans son ventre rond pour faire passer l'enfant.

Je lui ai pris la main et je lui ai parlé. Des paroles que je voulais rassurantes. J'entendais sa respiration difficile. Elle semblait inspirer du verre pilé et expirait un mucus rougeâtre. J'ai passé de l'eau sur ses lèvres. Puis j'ai entendu du bruit derrière moi. Les trois gamins étaient là, dans leurs pyjamas chauds, se tenant par la main, sortant de je ne sais où, si ce n'est d'un cauchemar. Ils regardaient leur mère ensanglantée, gisant sur le sol, comme on regarde un vertigineux abîme ouvert entre soi et l'avenir. Le plus petit s'est mis à pleurer. Je les ai emmenés dans la chambre voisine et j'ai demandé au plus grand qui avait fait ça à sa mère. Il n'a pas compris un traître mot de ma question. J'ai dit :

— Jakup ?

Il a hoché la tête. C'est à ce moment que j'ai commencé à ne pas me sentir très bien. À vrai dire, une peur panique a pris naissance dans mes avant-bras avant de conquérir tout mon corps. Plus qu'une peur, un effroi. En hyperventilation, j'ai dû m'asseoir pour reprendre mes esprits, puis m'allonger sur le sol et poser mes jambes sur le lit pour que le sang reflue vers mon cerveau. Ensuite, j'ai perdu connaissance. Quand j'ai ouvert les yeux, rien n'avait bougé, pas même les enfants qui me regardaient avec effarement. Je me suis levé et je suis retourné près du corps inanimé. J'ai dit :

— Tiens le coup, maman, ça va aller maintenant !

Mon subconscient venait de me traîner jusque dans une maison blanchie à la chaux. C'était une fin de journée sur la douce côte crétoise. J'avais huit ans. En contrebas de la route, la mer était charmeuse et les cigales cymbalisaient dans les pins qui ombraient la plage. Après le repas, il y avait eu quelques éclats de voix, mais rien d'inhabituel. Quand mon père avait quitté la maison en claquant la porte, j'avais sursauté, puis j'avais repris mes exercices de violoncelle. Une heure trente chaque début d'après-midi. C'était le moment où mes parents faisaient la sieste dans leur chambre, quand ils ne lézardaient pas près de la piscine. Après mes exercices, j'avais appelé ma mère. J'étais impatient de rejoindre ma sœur à la plage. Je l'avais cherchée en courant à travers toutes les pièces de la maison. Je l'avais trouvée allongée sur le carrelage bleu de la salle de bains, comme je venais de trouver Eyvor. Mon père n'était pas rentré et j'étais allé chercher de l'aide dans la maison voisine. Quand ma sœur est revenue de la plage avec ses amies, elle m'a demandé où étaient nos parents, mais j'avais été incapable de lui répondre. Jusqu'à ce jour, je ne m'étais jamais expliqué ce qui avait écourté nos vacances. Encore moins la disparition de ma mère dans la semaine qui avait suivi. Mon père a toujours dit qu'elle avait eu un accident et personne, ni ma sœur ni aucun des amis que nous recevions parfois, n'a jamais dit autre chose que : «C'est terrible ce qui est arrivé à votre mère. Un tragique accident». C'était là, quelque part en moi, intact. Je vivais avec sans le voir. Ma mère s'appelait Rachel. Les vagues ne courent jamais seules à la surface des océans, pas plus que les épreuves sur le fil de la vie. Celle-là avait la puissance dévastatrice d'une vague scélérate.

Dans ma poche, j'ai senti mon téléphone vibrer. J'ai immédiatement su que c'était Jakup Danielsen. Il y a eu un deuxième appel, suivi d'une notification de message.

Les secours sont arrivés une demi-heure plus tard, accompagnés de la police. Pendant que l'on prodiguait les premiers soins à Eyvor, les flics m'ont questionné sur les raisons qui motivaient ma présence chez elle à une heure aussi matinale. Ils me regardaient avec le même degré de suspicion que s'ils avaient fait face à Hannibal Lecter. Ils voulaient savoir si nous avions passé la nuit ensemble. Avec mes bottes boueuses et toute l'eau laissée dans la maison, j'avais de la peine à suivre la logique de leur raisonnement. Je leur ai demandé de contacter l'inspecteur Samuelson. Nos relations étaient ce qu'elles étaient, mais au moins lui était au courant de ma situation. Ils m'ont embarqué dans leur 4x4 pour me conduire au poste et prendre ma déposition. En passant devant ma voiture embourbée, mon moral, pour ne pas être en reste, s'est sévèrement envasé.

19

L'inspecteur Samuelson n'avait pas dû bousculer son train-train habituel, pas même pousser le moteur de sa voiture pour venir à Klaksvík. Il est arrivé en fin de matinée. Je lui ai de nouveau raconté mon histoire et j'ai réinsisté sur la nécessité de chercher la doudoune de Maude. Je lui ai fait écouter le message que Jakup Danielsen m'avait laissé. C'était la troisième fois que je l'entendais, mais il m'a de nouveau flanqué la chair de poule : « Maude est là. Elle t'attendait. Un bon père serait venu au rendez-vous, mais toi t'es juste une merde, un mec qui passe ses journées à se frotter la queue contre son violon. La peur, c'est ça ton problème. »

— Comment être sûr que c'est Jakup Danielsen ? a juste commenté l'inspecteur.

— Je le sais, c'est tout !

— Pour fouiller la maison, il me faudrait un mandat de perquisition.

— Je vous demande juste de regarder sur le portemanteau, celui qui est derrière la porte de la cuisine. De jeter un œil dans les penderies aussi – je crois d'ailleurs que c'est dans l'une d'elles que les enfants s'étaient réfugiés avant que j'arrive. Ne me dites pas que vous avez besoin d'un mandat pour ça !

— On peut dire que vous avez de la suite dans les idées ! Eh bien disons que je vais voir ce que je peux faire.

— La doudoune de Maude est bleue, avec une capuche et du scotch gris pour éviter que le duvet ne s'échappe par les déchirures.

— Vous me l'avez déjà dit.

— Sa veste de pluie est verte avec des empiècements noirs.

— Je croyais que vous n'aviez vu que sa doudoune.

— Il peut aussi avoir donné sa veste de pluie à son ex, ce serait même assez logique.

— En admettant qu'il y ait une telle veste dans les affaires d'Eyvor, qu'est-ce qui me prouvera que c'est celle de votre fille ?

— Des cheveux châtains sur le col ou dans la capuche, son ADN par exemple... Mais si vous trouvez la veste de pluie *et* la doudoune, il n'y aura pas de hasard !

Je pensais vraiment qu'il le prendrait mal, mais l'inspecteur n'a pas relevé.

— Ma femme mettait le nom de nos enfants sur leurs vêtements quand ils partaient en camp de vacances.

Il semblait nostalgique d'une époque révolue en disant cela.

— Peut-être bien que Maude a fait ça, inspecteur, marquer de son nom le revers de ses vêtements. J'aimerais vous accompagner.

— Pas question. Je vous laisse avec mes collègues. Ils vont garder votre passeport, ne soyez pas surpris. Rien ne certifie, à ce stade de l'enquête, que ce soit Jakup Danielsen qui ait porté les coups. Et puis ne quittez pas votre chambre, le temps que l'on mette la main sur lui. Ça vaut mieux pour tout le monde.

— Une dernière chose, inspecteur : ma voiture est embourbée dans le chemin qui conduit chez l'ex-compagne de Danielsen – je ne connais pas son nom de famille.

— Ennigard. Eyvor Ennigard. C'est une brave fille. Elle a fait des études d'infirmière. Sa vie serait tout autre si elle ne s'était pas entichée de ce bon à rien de Jakup.

— Est-ce qu'il est possible de faire quelque chose ?

— On ne peut rien tant qu'elle ne sera pas sortie d'affaire. Elle a un sérieux traumatisme crânien.

— Oui, c'est vraiment affreux... Mais je parlais de ma voiture.

— Vous ne manquez vraiment pas d'air ! Il y a quelque chose ici qui vous fait penser à un service de dépannage ?

Peu après le départ de l'inspecteur, la consule est arrivée accompagnée de son mari. Je ne sais qui l'avait prévenue. Je penchais pour les flics de Klaksvík. Ils connaissaient visiblement très bien son mari. Ils étaient prévenants à son endroit et, pour certains, ça frisait même la déférence. Le couple s'est entretenu avec les policiers avant de venir me voir. La consule affichait toujours cette allure stricte et hautaine censée dire l'importance de ses fonctions.

— Bonjour, monsieur Chauvet ! Quand j'ai appris que vous étiez ici, j'ai pensé à vous apporter mon soutien.

Je n'en voyais pas l'utilité, mais j'ai pourtant lâché un « Merci ».

— C'est une chance que vous soyez passé... si tôt. Eyvor Ennigard aurait pu y rester.

— Ça n'était pas un coup d'essai !

— Que voulez-vous dire ?

— Jakup Danielsen est responsable de la disparition de ma fille. Il fait partie de ceux qui ont lynché Alan aussi.

— Ce jeune militant d'Ocean Kepper ?

Des personnes lynchées et égorgées comme on tranche la gorge d'une baleine pilote, il ne devait pas y en avoir plus d'une par siècle ici. Ça écartait toute propension à la confusion. Simone Joensen était dans la rhétorique d'une conversation dont la finalité m'échappait.

— Comment pouvez-vous affirmer cela ?

— Pour ma fille, j'ai une vidéo. On le voit frapper Maude avec un harpon depuis le pont d'un bateau blanc. Un bateau à clins, comme les navires vikings. Pour Alan, c'est Danielsen lui-même qui me l'a dit. Et il m'a menacé de me faire subir le même sort.

Ça l'a fait tiquer.

— Ça ne doit pas être facile à vivre.

— Ce qui est difficile à vivre, c'est de ne pas savoir où est Maude. Quant aux menaces de Danielsen, elles sont le signe que je suis sur la bonne piste.

La consule a fait une moue pour marquer son scepticisme. Puis elle m'a proposé d'aller déjeuner, j'ai accepté sans entrain. Nous avons roulé jusqu'à un restaurant qui donnait sur le port. La pluie avait laissé place à un temps gris-noir né de la fusion du ciel et de l'océan. La baie de Klaksvík était en communion avec mon désarroi et la violente agression perpétrée à l'aube.

Le couple a été reçu comme des inspecteurs du Guide Michelin. Au cours du repas, Atli Joensen s'est montré bien plus avenant que sa femme, plus ouvert. Nous avons parlé de Maude, de ma vie de musicien et de celle, anachronique, des Féroïens. Je ne sais plus comment nous en sommes venus à croiser nos goûts musicaux. Je dois dire que le mari de la consule était un bon connaisseur de l'œuvre de Bach, Vivaldi, mais aussi de Gabriel Fauré, ce qui est un peu moins courant. On nous a servi de la viande de mouton fermentée et du vin. Martha n'aurait pas aimé me voir manger ça, mais Atli Joensen m'a assuré que c'était du mouton des îles, élevé en liberté, pas celui importé de Nouvelle-Zélande que l'on trouvait sur les étals des commerces de l'archipel. Ça a un brin atténué mon sentiment de culpabilité né des plaidoiries de Martha. En quittant le restaurant, je comptais sur l'air vivifiant pour dissiper la torpeur qui me gagnait. J'étais crevé et l'alcool commençait à faire son effet. Rester éveillé m'était douloureux.

— Vous n'avez pas l'air bien, a fait remarquer la consule.

— Je suis fatigué, les événements de la nuit ont été très pénibles.

— Je comprends ça. Atli, tu crois qu'il y a encore de la place dans l'hélicoptère ?

— Je m'en occupe. Il part dans une quinzaine de minutes. Venez avec moi, ça vous fera gagner du temps.

— Merci, mais je dois m'occuper de ma voiture, je me suis embourbé ce matin sur le chemin qui conduit chez Eyvor Ennigard.

— Ne vous en faites pas pour ça, je demanderai à un des agents de s'en occuper et de vous la ramener à Tórshavn demain dans la matinée. J'imagine qu'ils ont votre adresse.

Je me suis retrouvé, quelques instants plus tard, sanglé sur le siège d'un hélicoptère d'Atlantic Airways. Ces engins font office de transport en commun trois fois par semaine, quand la météo est propice, pour rejoindre les villages des îles inaccessibles. Je n'avais pas encore eu l'occasion de les emprunter. Les personnes à bord discutaient avec intensité, en féroïen, d'un sujet qui semblait des plus sérieux. Le vent s'était levé et soufflait suffisamment fort pour que la manche à air de la *drop zone* soit à l'horizontale. Nous avons décollé dans le vrombissement strident de la turbine et avons rejoint, en une poignée de secondes, le ciel bas et gris. Sous l'engin, la mer moutonnait. Bordoy, que nous venions de quitter, dessinait ses contours tourmentés dans l'effrayante immensité de l'Atlantique nord. Des lambeaux de brume s'accrochaient à l'hélicoptère. L'île de Svínoy se profilait déjà. Nous avons survolé d'immenses falaises, des plateaux et des combes désertiques avant d'atterrir près de l'unique et minuscule village. Tous les passagers sont descendus. J'ai été surpris qu'il n'y ait pas plus de personnes à destination de la capitale de l'archipel. Atli Joensen s'est installé près du pilote et a mis un casque sur ses oreilles, puis l'engin a pris la direction de Tórshavn. Nous avons de nouveau survolé les plateaux désertiques, puis le pilote a subitement incliné l'appareil vers la gauche. L'horizon s'est effacé et seule la désolation du plateau perché au sommet de falaises tournait sous mes yeux. L'hélicoptère s'est cabré avant de se poser devant six hommes debout près d'un parc à moutons. Atli Joensen est descendu et m'a fait signe de le suivre. Le vent du rotor nous a secoués. Courbé en deux, je l'ai suivi. Un type a accroché une élingue sous l'appareil avant de fixer l'autre extrémité à une cage métallique qui contenait une vingtaine de moutons. L'engin s'est élevé et s'est dirigé vers l'île qui nous faisait face. Quand le vacarme de l'hélicoptère s'est dissous dans le vent marin, les hommes ont échangé quelques mots avec Joensen. Ils étaient trempés et les cinq border collies qui les accompagnaient tiraient la langue. Je ne comprenais absolument pas ce que je faisais là. Atli Joensen est venu vers moi.

— Je devais récupérer ces moutons avant l'hiver. Ce sont les miens. Tout le monde ou presque a des moutons par ici. Ils sont plus nombreux que les habitants. Ce n'est pas toujours simple de les rassembler et il arrive que nous en laissions. Parfois ils survivent, parfois pas. Il n'y en a pas pour longtemps. L'hélicoptère va faire quelques rotations, puis il filera vers Tórshavn.

J'ai regardé le ballet aérien s'opérer. Tout était parfaitement orchestré. L'hélicoptère posait la cage vide devant le parc en forme d'entonnoir et les hommes poussaient dedans les moutons affolés par le bruit de l'engin vrombissant.

C'est le moment qu'a choisi Martha pour m'appeler. Je me suis éloigné pour que l'on puisse s'entendre.

— T'es pas facile à joindre !

— Je rentre à Tórshavn en hélicoptère, mais on a dû faire une halte pour charger des moutons. On est sur un plateau dominant la mer, il y a beaucoup de vent et l'horizon est tellement noir que c'en est effrayant. Pour le reste, j'ai passé la matinée chez les flics.

— Tu as des problèmes ?

— Hier soir, Danielsen m'a donné rendez-vous dans un cimetière viking. Le rendez-vous était à six heures ce matin. Je n'y suis pas allé. Je suis convaincu que Maude ne peut pas être avec lui. Je l'ai vue sur la vidéo, elle était blessée... Ça a été difficile. J'aurais aimé pouvoir y aller et lui taper dessus jusqu'à ce qu'il me dise tout ce qu'il sait, mais je ne sais pas faire ce genre de chose. La vérité, Martha, c'est que j'ai eu peur.

— Crois-moi, tout ce que tu aurais eu à gagner, c'était un séjour à l'hôpital et un retour à la maison en avion médicalisé. Et les flics dans tout ça ?

— J'ai pensé que retourner chez son ex, pendant que Danielsen était dans ce cimetière avec ses ancêtres, était une meilleure idée. Je l'ai trouvée gisante dans les toilettes. Il l'a battue à mort. Probablement à cause de ma visite. Ce type est un grand malade ! J'ai appelé les secours et les flics m'ont embarqué.

— Oh, merde ! Ça confirme ce que je disais. Bon, j'appelais pour te dire que le ferry est resté à quai parce qu'une tempête est annoncée. Pour te dire aussi qu'on a regardé la vidéo de Maude hier soir. En te focalisant sur elle, je crois que tu as manqué un truc super important. Le mec qui est mort lors du *grind*, eh bien on voit quatre chasseurs s'affairer autour de lui. En zoomant, on distingue un bras le frapper au ventre. Quand les médecins ont dit qu'il avait été agressé, ils ne mentaient pas. Ça explique pas mal de choses : la disparition de Maude, qui filmait, et le fait qu'ils veuillent nous faire porter le chapeau. Il faut que l'on donne ces images à la police sans attendre.

— C'est ce que j'ai prévu de faire, mais je n'ai pas la carte mémoire avec moi.

— On s'en fout. On s'occupe de leur envoyer notre enregistrement. On va mettre la police française au courant via notre antenne de Paris. Tu as pu récupérer ce que tu cherchais ?

— Non, je n'ai pas eu le temps. Mais l'inspecteur Samuelson s'en charge, enfin j'espère.

— Tu espères ?

— Je me demande en qui je peux avoir confiance.

— Niels me fait dire que tu es le bienvenu chez lui. Tu devrais t'y installer plutôt que de te morfondre seul dans une chambre d'hôtel. Tu es au courant que l'ambassadeur de France au Danemark est à Tórshavn ? Il doit rencontrer le président du Parlement féroïen. J'ai lu ça dans les *news* du matin.

— Non, tu me l'apprends.

— Il faut absolument que tu lui parles de Maude, que tu lui dises l'omerta qui entoure sa disparition.

Il est en mesure de faire bouger les choses. Il sera accueilli par la consule honoraire, Simone Joensen, j'ai l'article sous les yeux.

— Je viens de la quitter, elle et son mari m'ont invité à déjeuner. Elle ne m'a rien dit.

— Tu la connais bien ?

— Je l'ai rencontrée deux ou trois fois. Je ne la sens pas du tout. Je crois qu'elle soigne ses relations mondaines et qu'elle tient absolument à éviter toute discorde avec les autorités locales.

— Essaie quand même de la convaincre. Si elle rechigne, tu fais sans elle. Tu loges où actuellement ?

— Dans une *guesthouse* sur les hauteurs de Tórshavn : les Hauts de hurle-vent.

— Tu sais choisir tes hôtels ! On se voit ce soir ?

— Je te fais signe dès que je suis arrivé.

Entendre sa voix, savoir que l'équipe d'Ocean Kepper continuait son travail d'enquête m'a fait un bien fou, mais ça ne devait pas durer.

20

L'hélicoptère est revenu sans la cage pendue sous son ventre plat. Les hommes ont chargé une vingtaine de filets à moutons avant d'embarquer avec les chiens. Le pilote fulminait : étant donné l'état des uns et des autres, il devait déjà penser au sérieux nettoyage qu'il allait devoir faire dès le retour à sa base. Une buée malodorante, née de la chaleur humide des hommes et des chiens, envahissait déjà l'habitacle. Avant de prendre place, Atli Joensen m'a dit :

— Il était grand temps, il y a une méchante dépression qui approche. Le pilote vous demande d'attendre ici le temps qu'il fasse une dernière rotation avec nous. Ça ne sera pas long ! Le berger de Svínoy vous tiendra compagnie.

Il était à peine installé que l'engin prenait déjà de la hauteur, laissant derrière lui une odeur de kérosène et d'abandon. Je l'ai regardé s'éloigner au-dessus de l'océan comme, enfant, j'avais regardé l'ambulance emportant ma mère se dissoudre dans des vagues de chaleur qui faisaient de la route un mirage. J'ai cherché le berger. J'avais bien remarqué, en arrivant, un homme qui se tenait un peu en retrait, mais je ne le voyais plus. Je me suis assis sur un rocher en me disant que ce n'était pas bien grave puisque ce n'était l'affaire que de quelques minutes. Au large, les nuages enroulaient leurs terrifiantes masses obscures sur les îles qui me faisaient face. Le vent levait sur la mer des déferlantes. Un vent froid, tourbillonnant et mordant comme un chien fou, fouettait le plateau. L'avant-garde de la tempête annoncée était déjà là. Les paroles d'Atli Joensen me sont revenues à l'esprit : « Il arrive que nous en laissions. Parfois ils survivent, parfois pas. » Je me demandais si cette sentence ne concernait que ses moutons.

J'ai fait les cent pas pour me réchauffer avant de me blottir contre le rocher. Je consultais ma montre toutes les minutes et chacune d'entre elles me semblait être celle qui scellerait mon sort. De la neige tourbillonnait dans le vent. Une neige dure comme des cristaux de glace, qui me cinglait douloureusement les yeux. Après trente minutes d'attente, je n'attendais déjà plus rien. Je me faisais l'effet d'un instrument désaccordé, en perpétuelle dissonance avec la partition que je devais jouer. Atli Joensen m'a rappelé pour me dire que l'hélico avait un problème et qu'il ne pourrait pas revenir me chercher. Il a ajouté :

— Avec Úlvur, vous ne risquez rien !

— Je ne le vois pas, je ne sais pas où il se trouve.

— Je vous ai pourtant bien dit de ne pas vous éloigner de lui.

— Vous m'avez juste dit que l'hélicoptère revenait me chercher.

— Il ne doit pas être bien loin. Il a une cabane dans le coin, je vais essayer de le joindre. Et j'envoie un hélicoptère vous récupérer dès que possible.

Il a raccroché. La lumière s'effaçait inexorablement, laissant le champ libre à la tempête. Je me suis mis en route vers le dernier endroit où j'avais aperçu le berger. Crier pour l'appeler était inutile. Je marchais le plus vite que je pouvais, j'écarquillais les yeux. La panique montait en moi comme la tempête sur l'océan.

Un chien lupoïde est venu me renifler avant de m'aboyer dessus. Je me suis arrêté et j'ai vu se dessiner, dans les bourrasques blanches, une créature du *huldufólk*. Un troll tenant un mouton en laisse. Je l'ai regardé venir vers moi, entre crainte et délivrance. Il marchait d'un pas tranquille. Quand il s'est approché de moi, il a dit deux mots au chien, qui a aussitôt arrêté de me gueuler dessus. L'homme, équipé d'une cape qui lui descendait jusqu'aux chevilles, telle une pèlerine franciscaine, m'a lancé :

— Faut pas rester là !

J'étais soulagé de le voir. J'aurais pu l'embrasser. Je ne sais s'il l'a perçu, mais il a aussitôt tourné les talons.

— L'hélicoptère n'a pas pu revenir me chercher !

— Je vois ça…

Il ne s'est pas retourné pour me répondre. Je lui ai emboîté le pas. Le mouton avançait en bêlant. Des lambeaux de son épaisse toison sale pendaient entre ses pattes.

— Vous êtes Úlvur, le berger de Svínoy ?

Cette fois, le vent a emporté ma question et je n'ai pas insisté. Je l'ai suivi. J'avais du mal à caler mon pas sur le sien. Sa démarche était métronomique. Son chien nous précédait. Il semblait savoir où il allait, peut-être était-il le seul. Les bourrasques me bousculaient régulièrement et m'obligeaient à faire des écarts. Lui marchait sans jamais dévier de sa trajectoire. Nous avons traversé le vaste plateau avant de descendre une combe. Le vent s'est fait moins brutal. Alors qu'elle ne faisait que courir sur le plateau, la neige s'accumulait dans le goulet. La progression est devenue plus difficile et j'ai glissé à plusieurs reprises. Mes doigts gourds laissaient sur la neige des taches carmin. Je me demandais si le berger avait l'intention de marcher ainsi encore longtemps. Jusqu'au village, c'est ce que j'avais en tête, mais je ne me sentais pas capable de réaliser pareil exploit.

En bas de la combe, nous avons rejoint ce qui semblait être un chaos rocheux enfoui dans la prairie boréale. La mer n'était pas bien loin, le fracas des lames battant la côte montait jusqu'à nous malgré les vociférations du vent. Nous nous sommes immiscés dans le chaos. Des blocs de basalte empilés formaient des murets couverts de lichen et des cavités sombres. Dans le vent et les brouillards qui glissaient entre elles comme des feux follets, ça ressemblait à des tumulus. Un cimetière oublié des hommes, battu par la tempête. C'était d'une sinistre désolation. Mon guide a poussé une porte. Avant de pénétrer dans l'antre, j'ai levé les yeux. La masure avait un toit en tourbe et un bardage de bois noir. Sa voisine était identique. Les autres n'étaient que toits effondrés et murs rongés par les lichens. Un village de trolls abandonné, colonisé par les tourbes boréales comme la forêt tropicale enserre dans ses lianes les vestiges d'un peuple disparu.

À l'intérieur, le silence. C'est ce qui m'a assommé. Le calme et la chaleur du poêle à tourbe après ma lutte contre les éléments déchaînés aussi. Je me suis assis sur une chaise. L'homme a allumé une lampe à pétrole avant de disparaître dans un recoin sombre de la pièce. Elle avait la rusticité des cabanes pastorales d'alpage. Le mobilier était réduit à l'essentiel, c'est-à-dire une table, deux bancs et de petites étagères qui supportaient tout un tas d'ustensiles et de boîtes en fer-blanc. Les poutres en bois flotté du plafond étaient basses. Trop basses pour se pendre. Il était dix-huit heures, j'avais eu mon lot d'épreuves pour la journée et mon moral avait entrepris un voyage au centre de la Terre.

Mon hôte est revenu dans la maigre clarté de la lampe avec une bouteille d'aquavit. Dans le clair-obscur, il semblait tout droit sorti d'un tableau du Caravage. Son regard vairon était le centre de tout. Les jeux d'ombres et de lumière le rendaient aussi inquiétant que le village abandonné et la tempête réunis. Une sévère ride du lion venait ajouter au trouble. C'était un type assez jeune, disons entre trente et quarante ans. Il a poussé un verre plein devant moi. J'en ai avalé une gorgée et des larmes me sont montées aux yeux. L'alcool n'y était pas pour grand-chose.

— Merci d'être venu me chercher.
— Je cherchais seulement mes moutons.
— Atli Joensen ne vous a pas appelé ?
— Pourquoi il aurait fait ça ? Il n'y a pas de réseau ici. Juste un peu là-haut, près des falaises. Qu'est-ce que vous faisiez avec lui ?

Le ton était cassant.

— Il m'a proposé de rejoindre Tórshavn en hélicoptère et puis il s'est arrêté pour récupérer ses moutons.

— J'aime mieux ça!

— Pourquoi dites-vous cela?

— Ce type fait comme si tout lui appartenait, ces îles, les gens qui y habitent, comme tous les océans de cette planète. L'année dernière, ils m'ont volé une dizaine de moutons, alors cette fois-ci je les avais à l'œil.

— Vous le connaissez bien?

— Tout le monde le connaît! Finissez votre verre, vous n'avez pas bonne mine.

Je l'ai avalé d'un trait et ça m'a fait tousser. Le chien a sursauté, il a grondé.

— Il ne m'aime pas beaucoup.

— Soyez poli avec Moby Dick, c'est lui qui vous a trouvé. Tenez, vous pouvez vous laver les mains ici si vous voulez.

Il m'a montré une bassine dans laquelle il avait versé un peu de l'eau de la bouilloire posée sur le poêle. Elle a pris une couleur de sang quand j'y ai plongé les doigts. En se réchauffant, l'onglée et les coupures se faisaient plus vives.

— Moby Dick, c'est un drôle de nom pour un chien.

— Peut-être bien, mais c'est le sien.

— Ce n'était pas plutôt une baleine?

— Un cachalot! Mais vous avez cerné l'idée.

— Je ne vous ai pas demandé le vôtre, de nom.

— Tout le monde ici m'appelle Úlvur, rapport à mon œil jaune. Ça veut dire «loup». Mon vrai nom n'a pas d'importance parce que plus personne ici ne le connaît. Je finirai par l'oublier un jour aussi, je crois bien.

— Raphaël Chauvet. J'ai de la chance d'être tombé sur vous.

— Disons qu'après avoir été abandonné sur le plateau, ça équilibre un peu les choses.
— Il y a des loups par ici ?
— De mer exclusivement.

Úlvur a mis des pansements sur mes doigts. Il était précautionneux et attentionné.

— Votre chien, Moby Dick, c'est parce que vous êtes contre la chasse des baleines pilotes ?

— J'emmerde les chasseurs de baleines. J'ai fait partie du club de foot de Klaksvík pendant dix ans, jusqu'au jour où j'ai refusé d'accompagner l'équipe à un *grindadráp*. Les mecs se montraient pressants, alors je leur ai dit que j'en avais ma claque de me vautrer dans le sang et les viscères, que c'était devenu sale et barbare, que personne ne devrait être fier de ça. Atli Joensen m'a dit que je devais m'excuser sur-le-champ, que c'était insulter nos ancêtres, que le *grindadráp* était un droit inscrit dans la Constitution, etc., etc. Son laïus habituel, quoi ! Je n'ai pas tardé à être viré du club, puis de mon boulot. Je travaillais pour les pêcheries à Klaksvík. J'y ai travaillé pendant quinze ans. Elles appartiennent à Atli Joensen, tout comme le meilleur restaurant de Klaksvík. Il est aussi actionnaire d'Atlantic Airways et possède son propre avion qui lui permet de rejoindre sa résidence de Copenhague en un rien de temps.

— Je croyais qu'il habitait Funningsfjørdur.

Ça a fait rire Úlvur, je ne comprenais pas pourquoi.

— C'est la maison de ses grands-parents. Il n'y a jamais vécu, mais il aime à le faire croire. Ses parents habitaient déjà Klaksvík. Son père a créé de ses mains tout ce qui fait sa fortune aujourd'hui.

— J'y ai rencontré sa femme, elle est consule de France dans ces îles.

— Vous imaginez le travail que ça représente ? Il doit y avoir une dizaine de touristes français par an à tout casser. Non, si elle a son siège là-bas, c'est juste pour le folklore. On y tient chez les Joensen.

— Pourquoi vous être installé ici, sur cette île ?

— Parce qu'ici c'est chez moi et qu'il n'y a pas de meilleur endroit pour faire sa vie. Éleveur, tout compte fait, ça me convient bien.

— Et moi, qu'est-ce que j'ai bien pu lui faire pour qu'il me laisse ici ? J'ai un peu de mal à croire que ça ne soit que le fruit du hasard.

— Avec lui, on ne peut jamais savoir.

— J'ai l'impression que ces îles, les éléments et la population sont contre moi.

— Ne faites pas d'amalgame, la nature est ce qu'elle est, mais elle n'a de dent contre personne. Ici, elle s'est faite belle plus que nulle part ailleurs sur cette planète. Ces îles sont des joyaux bruts. Elles ne sont en rien responsables des actes perpétrés par les gens qui les habitent.

— Vous vivez dans cette maison ?

— Seulement quand je viens garder mes moutons de ce côté-ci de l'île. J'habite le village de Svínoy.

— Vous pensez que l'on va devoir rester là combien de temps ?

— Le temps que le gros de la tempête passe. Ne vous inquiétez pas, ici on ne risque rien. Cette maison a plus de trois cents ans. Elle en a vu d'autres. C'était celle des parents de mes arrière-grands-parents paternels. Nous autres, Féroïens, habitons ces îles depuis huit cents ans. Les tempêtes rythment nos vies, remplissent nos églises et nos cimetières... Je vais faire réchauffer le ragoût de mouton d'hier, il y en aura bien assez pour deux.

Le repas a été silencieux. On écoutait la tempête et les bêlements inquiets des moutons enfermés dans la bergerie qui jouxtait la maison. Úlvur se levait régulièrement pour tapoter le baromètre accroché près de la fenêtre. Il n'en finissait plus de descendre. Ils sentaient ça, les moutons, l'inexorable chute de la pression atmosphérique. Ils étaient effrayés par les heures à venir et je crois bien qu'Úlvur l'était un peu aussi. Les bourrasques ébranlaient la porte en bois comme un ogre cherchant pitance. Les fenêtres sans volets étaient cinglées par la pluie qui avait remplacé la neige. Le toit de tourbe isolait autant du froid que du bruit.

Vers vingt et une heures, Úlvur a fait du café. Pendant qu'il coulait dans la cafetière, il est allé une énième fois consulter le baromètre et il a dit :

— Cette fois, ça va bastonner !

Il avait l'air grave. Il m'était inconcevable que la tempête puisse encore forcir.

— J'espère que tous les bateaux sont à l'abri. Les capitaines retardent toujours au maximum ce moment pour faire un max de fric. Si tu veux t'allonger, fais-toi un peu de place dans mon bazar. Rester debout ne servira à rien.

C'est ce que j'ai fini par faire. J'étais vraiment à bout. Je me suis couché sur le bat-flanc et j'ai regardé les poutres du plafond. Des poutres non équarries, récoltées sur la côte. Du bois de l'océan, qui avait assurément croisé la route d'un grand nombre de cétacés, comme Maude avait croisé celle des baleines pilotes pour venir s'échouer, tout comme elles, dans une baie frileuse.

Je me suis réveillé vers trois heures. La tempête était plus violente que jamais. Je ne sais comment j'avais pu trouver le sommeil. Les sonorités nées de ce déchaînement étaient sentencieuses. Le village fantôme dans lequel nous étions réfugiés était devenu un instrument à vent. Un orgue. Chaque mur, chaque angle, chaque ruelle avait sa tonalité. C'était beau et effrayant à la fois. Beau comme un couple de violoncelles interprétant «Tempête» de Mathias Duplessy, et violent comme les ouragans levés par Poséidon pour empêcher Ulysse d'arriver au port. Les déferlantes frappaient la côte en levant d'immenses gerbes d'eau qui venaient fouetter la maison. Il fallait qu'elle soit solide pour encaisser de tels coups de boutoir depuis des siècles. Le vent brutalisait tout ce qui se mettait en travers de son chemin. Je comprenais mieux pourquoi aucun arbre ne poussait sur ces îles.

Je me suis redressé. Úlvur était là, dans la lueur de la lampe à pétrole. Il scrutait les bruits, sondait la tempête. Je me suis levé.

— Le café est chaud. Tu en veux?

— Oui, volontiers, merci.

— Pour venir frapper jusqu'ici, les vagues doivent bien faire une trentaine de mètres. Je n'avais encore jamais vu ça! Regarde, la flotte court devant la maison et passe sous la porte dès qu'une déferlante s'abat sur nous. Il va y avoir des dégâts au village. Tu m'as dit que tu venais d'où?

— De Lyon. C'est en France.
— Tu fais quoi dans la vie ?
— Violoncelliste.
— Je savais t'avoir déjà vu. Ça m'est revenu à l'esprit pendant que tu dormais. Je t'ai vu au journal télé. Les journalistes ont parlé de toi. Ils ont dit que tu cherchais ta fille, une militante anti-*grind*.
— Oui, je la cherche encore.
— Tu n'as aucune piste ?

Je lui ai résumé mes avancées, les épreuves endurées et les menaces. Les souffrances infligées à Eyvor Ennigard aussi.

— Jakup Danielsen est un des hommes de main d'Atli Joensen. C'est un type violent et pas bien futé. Il traîne toujours avec Aksel et Bardur. On a joué un moment dans la même équipe.
— Tu aurais leurs noms de famille ?
— Aksel Dam et Bardur c'est un Ellefsen, je crois bien. Oui, c'est ça, Bardur Ellefsen.
— Et Atli Joensen, il fait quoi au juste ?
— Il a été responsable des pêches au gouvernement féroïen. C'est lui qui était aux manettes lors de la guerre du hareng qui a opposé les Féroé à l'Europe.
— Ça ne me dit rien.
— C'était en 2013 ou 2014 peut-être bien. L'archipel avait décidé d'ignorer les quotas de pêche, violant les accords passés. L'Union européenne a dénoncé la gestion non durable des stocks de harengs par l'archipel et interdit toute importation de cette espèce. Joensen a dû démissionner. Pour ça et pour conflits d'intérêts également, parce qu'il est aussi actionnaire de Cornelis Vrolijk, une compagnie néerlandaise qui

détient la moitié des droits de pêche féroïens. Elle en possède d'ailleurs un peu partout sur cette planète. Sa seule morale, c'est l'argent. Ils sont équipés de chalutiers géants. Partout où ils peuvent, ils pratiquent la technique du chalutage en paire. C'est un filet nasse long de mille mètres, avec une gueule large de deux cents mètres, tiré par deux chalutiers. De nombreux cétacés se prennent dedans et meurent asphyxiés. Joensen est aussi le président du club de foot de Klaksvík, le propriétaire de pêcheries et d'une ferme à saumons. Le genre de type qui brasse un paquet de fric.

— Laksefarm, la ferme à saumons de Klaksvík?
— Oui. Pourquoi?
— Parce que c'est là que travaille Jakup Danielsen!
— Et alors?
— Alors je commence à comprendre.
— On peut ajouter que c'est un furieux défenseur du *grindadráp*, mais ça, tu l'as déjà compris.
— Il m'a dit qu'il était un *grindafor* quelque chose, un type qui dirigeait les opérations. Est-ce que tu sais s'il a un bateau blanc?
— Oui, un bateau traditionnel. L'extérieur ne paie pas de mine, mais l'intérieur est bien loin de l'austérité des embarcations vikings.

Il était quatre heures quand nous nous sommes allongés. La tempête m'empêchait de mettre mes idées en place, mais je sentais que dans l'épaisseur de la nuit quelque chose s'était esquissé.

21

La tempête a cherché à effacer les îles pendant deux jours. Úlvur s'est, dans un premier temps, montré taciturne parce qu'il s'inquiétait pour ses brebis. Elles n'avaient pas grand-chose à manger. Il a bien tenté de sortir avec sa faux pour couper l'herbe qui poussait au pied des murets et dans les ruines, mais le vent et la pluie l'ont empêché de manipuler son outil. Nous sommes allés dans la bergerie réparer les mangeoires et parer les pieds. Je maintenais les brebis contre moi, assises sur leur postérieur, pendant que lui coupait la pointe des onglons et les excédents de corne. Le suint graissait mes mains et mes vêtements autant que mon esprit. Une fois assises, elles ne bougeaient plus guère et, contre toute attente, j'ai aimé cette intimité avec ces grosses pelotes de laine malodorantes. Aux repas, nous avons invariablement mangé des poissons séchés qui ressemblaient étrangement à des semelles de galoches en cuir fripé. Leur goût ne contredisait en rien leur aspect. Entre ça et la viande fermentée, niveau gastronomie, on était assez proches de la pitance des soldats de Napoléon lors de la retraite de Russie. On écoutait aussi la tempête. Longuement. C'est passionnant d'écouter la fureur du vent et de la mer avec un compagnon, de commenter leurs assauts comme on suit un match de rugby. Úlvur m'a lancé :

— C'est pas dans *Les Quatre Saisons* de Vivaldi que tu peux entendre de tels fortissimos !

Il a rempli nos verres d'aquavit avant de poursuivre :

— Les gars d'ici sont assez spéciaux, mais ne va pas croire qu'il y a autant de bas de plafond que de macareux. Rói Patursson, par exemple, c'est un écrivain féroïen. Quand il avait seize ans, il a dit à son prof qu'il s'ennuyait. Il a quitté sa classe et est allé s'embarquer comme mousse sur un bateau de pêche. Il a voyagé, défilé à Paris avec les étudiants en Mai 68, décidé de faire des études de philosophie et il est revenu au pays pour enseigner à l'université de Tórshavn. En 1986 on lui a remis le prix de la Poésie nordique. On n'aurait jamais dû faire ça ! Depuis, il n'a plus rien écrit. J'ai un de ses ouvrages sur l'étagère derrière toi. C'est en féroïen, bien sûr, parce qu'en féroïen la poésie est encore plus belle, mais ça, tu n'auras jamais l'occasion d'y goûter.

Le troisième jour, une vague clarté a contré l'obscurité vers midi. Le baromètre était bien remonté, mais la tempête ne semblait pas vouloir en tenir compte. Vers quatorze heures, Úlvur m'a dit :

— Maintenant faut y aller !

— Tu es sûr que c'est le moment ?

— Si on devait attendre qu'il fasse beau, on ne mettrait pas souvent le nez dehors. Tu sais, quand la tempête va s'éteindre, il va y avoir une vague de froid, la neige va probablement remplacer la pluie puis les brouillards noirs ne tarderont pas à s'installer. Je les crains. Tout le monde ici les craint. Je ne tiens pas à être en chemin quand ils sortiront de terre.

— Il faut combien de temps pour retourner au village ?

— On y sera en début de soirée si on ne traîne pas. Mais les brebis ont faim. Quand elles vont sortir, elles vont se jeter sur le premier brin d'herbe. On va les laisser faire une demi-heure, après ça elles nous suivront.

J'ai aidé Úlvur à rassembler ses affaires et nous nous sommes mis en route. Le vent était froid. La pluie, chargée d'embruns, poisseuse. Úlvur marchait devant le troupeau et Moby Dick s'occupait des retardataires. Nous avons franchi un col où le vent était si fort qu'il faisait vibrer nos vêtements et nos corps comme des haubans dans la tourmente. Nous sommes redescendus jusqu'à la mer. Les vagues qui montaient à l'assaut des rochers et des falaises atteignaient des hauteurs insoupçonnables. C'était dantesque. Des montagnes d'écume de mer recouvraient l'estran. Emportées par le vent, elles formaient sur la prairie une mousse étrange et mouvante. J'ai aimé ces heures. Cette lutte contre les éléments. Cette marche avec les brebis. La présence mutique d'Úlvur et de Moby Dick.

Vers dix-neuf heures, alors que la tempête semblait hors d'haleine, un puissant faisceau blanc nous a saisis. Un hélicoptère est passé au-dessus de nos têtes avant de se poser à une vingtaine de mètres de nous. Les moutons, affolés, se sont dispersés. Dans le tumulte du vent et de la mer, je ne l'avais pas entendu arriver. Un type a ouvert la porte coulissante. Il était équipé d'une combinaison étanche orange et d'un gilet de sauvetage gonflable rouge. Il est descendu et s'est adressé à Úlvur. Je ne pouvais pas entendre ce qu'il lui disait. Úlvur m'a désigné du doigt. Le gars est venu vers moi et m'a crié à l'oreille :

— C'est vous que l'on cherchait.

Il m'a conduit vers l'hélicoptère avant de me sangler sur un siège. L'engin s'est élevé et j'ai vu Moby Dick commencer à rassembler les brebis. Úlvur tendait une main vers moi. Je lui ai répondu, mais il n'a pas dû me voir, déjà englouti par la nuit. Le pilote m'a invité à mettre un casque. Laconiquement, il m'a demandé :

— Tout va bien ?

— Oui, merci. Et Úlvur ?

— Le berger ? Ne vous faites pas de souci, la tempête est sur le déclin et le village n'est plus très loin. On a dû évacuer deux navires en perdition. Désolé, on n'a pas pu faire plus vite.

— J'étais en sécurité avec lui. Le pilote n'est pas revenu me chercher à cause d'un problème mécanique si j'ai bien compris.

— Tous les hélicos de la flotte sont opérationnels. Vous avez dû mal comprendre.

— Oui, c'est probablement ça… Vous n'avez pas l'accent des Féroïens.

— Je suis canadien. J'ai trouvé à m'embaucher chez Atlantic Airways il y a huit mois. Je suis qualifié sur trois types d'appareils.

Je me suis dit que ce ne serait pas de trop pour arriver vivant à destination. La pluie et le vent qui n'était pas tombé nous bousculaient sérieusement. Les essuie-glaces peinaient autant à chasser l'eau qui s'accumulait sur les vitres du cockpit que le phare la pénombre. Une alarme s'est déclenchée et un voyant rouge a clignoté sur l'imposante console centrale de l'hélicoptère. Le pilote a pianoté sur plusieurs boutons avant d'annoncer :

— C'est le système anémométrique. Les rafales atteignent encore parfois les cinquante nœuds. Rien d'inquiétant. Des heures que j'ai cette alarme dans les oreilles. Nous allons nous poser à Klaksvík, la journée a été longue et nous sommes à court de kérosène.

Dix minutes après, on y était. Dix minutes d'un vol wagnérien, dans des conditions qui auraient semblé déraisonnables au plus hardi des oiseaux marins. La pluie filait à l'horizontale. Dans la lueur de l'unique phare, le vent et le rotor soufflaient des panaches d'eau telle une antique locomotive à vapeur. Il n'y avait que le pilote pour savoir si l'on était réellement posés. Il m'a dit :

— Allez vous mettre à l'abri dans la voiture !

De quelle voiture parlait-il ? J'ai aperçu un utilitaire. Il se devinait à peine dans la tourmente. J'ai couru m'y enfermer, puis j'ai regardé les gars s'activer dans le mauvais temps. Des chaussettes ont été enfilées sur les pales avant de les arrimer au sol avec des sangles, tout comme l'hélico. La turbine et le cockpit ont été recouverts de bâches adaptées. Ça leur a pris un moment pour saucissonner l'appareil sur l'hélisurface. Quand ils sont venus me rejoindre, les gars étaient un peu sonnés par le vent et la fatigue.

Le pilote m'a conduit jusqu'au port et je suis entré dans le premier hôtel venu.

J'étais perdu. La tempête, et la transition rapide vers la ville et une chambre confortable, était déconcertante. Je m'en voulais d'avoir quitté Úlvur sans avoir eu le temps de lui glisser un mot.

Je m'apprêtais à prendre une douche quand l'inspecteur Samuelson m'a appelé.

— Ah, enfin vous vous décidez à répondre! Je vous ai laissé des messages. Vous étiez passé où?

— J'étais dans une bergerie sur l'île de Svínoy, coincé par la tempête.

— On peut savoir ce que vous fichiez là-bas?

— Ce serait un peu long à expliquer, inspecteur.

— Comme vous voudrez. Je voulais vous dire que j'ai retrouvé des vêtements appartenant à votre fille. Elle avait pensé à mettre son nom à l'intérieur.

Il avait dit cela comme s'il fallait y voir quelque chose de vertueux. J'étais sûr de moi, mais quand même, l'entendre officiellement, ça m'a fait un choc.

— Sa doudoune et sa veste verte?

— Un surpantalon et une fourrure polaire aussi.

— Je crois que j'aurais aimé me tromper, inspecteur. J'appréhende le fait que ma fille ait disparu à jamais.

— J'avais un fils. Un matin, il est parti à la pêche avec ma barque, il avait l'habitude de faire ça. La météo n'était pas mauvaise. On ne l'a jamais revu. Ni lui ni la barque. Ça fait quinze ans de cela… Pour votre fille, nous allons perquisitionner la maison et les alentours.

— Et Jakup Danielsen?

— On ne tardera pas à lui mettre la main dessus, soyez-en certain ! Mais c'est dans le cadre de l'agression contre son ex-compagne que nous souhaitons l'entendre. Vous pourrez récupérer votre voiture, elle vous attend derrière le poste de police.

— Merci beaucoup.

— C'est juste qu'elle gênait là où elle était.

Martha m'a appelé peu de temps après, elle s'inquiétait elle aussi de ne pas avoir de mes nouvelles. Je lui ai fait un point rapide de mon séjour forcé sur l'île de Svínoy.

— Bon, tu es en sécurité, c'est le principal.

— Tu crois au hasard ?

— Lequel ?

— Le sauvage. Celui qui te saute à la gorge.

— Ça n'a pas l'air d'aller très fort...

— Je crois que le mari de la consule, Atli Joensen, a manigancé pour que l'hélicoptère ne revienne pas me récupérer. Je ne sais pas pourquoi. Peut-être bien pour me tenir loin de Tórshavn, le temps que l'ambassadeur termine sa visite sur l'archipel. Sa femme sait ce que je pense d'elle, de ses mensonges, de sa propension à se ranger du côté des autorités au détriment de Maude. Je ne crois pas qu'elle apprécierait m'entendre lui dire ça.

— Il fait quoi son mari ?

— Du fric !

— C'est-à-dire ?

— Il semble incontournable dans ces îles. Ocean Kepper doit certainement le connaître. Il a été ministre de la Pêche au gouvernement féroïen et c'est un fervent défenseur du *grindadráp*.

— Je vais voir ce que l'on a sur lui. Du coup, tu ne vas pas avoir besoin de ta chambre cette nuit, ça t'ennuie si je l'utilise ?

— Non, bien sûr que non. Vous n'avez pas débarqué les camping-cars ?

— Juste un ! Merci pour la chambre.

— Je ne t'ai pas dit : Samuelson a retrouvé des vêtements de Maude chez l'ex de Danielsen.

— Merde, tu aurais pu commencer par ça ! Tu ne t'étais pas trompé ! Ça va peut-être lui ouvrir les yeux. Il compte faire quoi maintenant ?

— Il va faire perquisitionner la maison demain.

— Et Danielsen, ils l'ont gaulé ?

— Pas encore.

— On se retrouve demain vers midi à Klaksvík et on fait la route ensemble jusque chez Niels ?

— Prends mes affaires avec toi, s'il te plaît, et n'oublie pas mon violoncelle. Fais bien attention, ça ne se manipule pas comme ton matériel de montagne.

— Entre ta valise et mon sac à dos, ça va être pratique dans le bus ! Tu pouvais pas jouer de la guimbarde ?

J'étais heureux de retrouver Martha, son esprit vif, sa détermination, son énergie permanente me faisaient un bien fou.

22

J'ai risqué un œil par la fenêtre de ma chambre. Un soleil froid éclairait la baie de Klaksvík. Les couleurs, lavées par la tempête, étaient d'une incroyable intensité. Le port abritait une bonne centaine de petites embarcations. Les coques blanches et les mâts des bateaux à flot lançaient des éclats victorieux. Sur les pontons, des équipes étaient à l'œuvre pour renflouer ceux qui s'étaient montrés trop optimistes. Les sommets du fjord, recouverts d'une pellicule de neige qui laissait entrevoir les strates sombres de la roche, baignaient leurs ombres dans les eaux apaisées et miroitantes. Les goélands et les mouettes avaient repris leur vol erratique. Des puffins jouaient avec les vagues tandis que des océanites tempêtes papillonnaient parmi eux. Ils braillaient de concert pour saluer la fin de leur confinement. Je me suis toujours demandé où s'abritent les oiseaux pendant les coups de chien.

Je suis allé déjeuner avant de récupérer ma voiture au poste de police. Les clés étaient dessus. Une fine couche de neige avait adhéré au pare-brise. En l'absence de grattoir dans les vide-poches des portières, j'ai démarré le moteur et attendu que le dégivrage fasse son office. Mon téléphone a sonné. «Ambassade» s'affichait sur l'écran. J'ai décroché en me disant qu'il allait me falloir revoir ma position concernant la consule.

— Monsieur Raphaël Chauvet?
— Oui.
— Catherine Loisau, secrétaire de l'ambassade de France à Copenhague. Monsieur l'ambassadeur souhaiterait s'entretenir avec vous. Seriez-vous disponible à douze heures quinze?

J'ai bafouillé :
— Oui, bien sûr. Merci.
— Parfait! L'entretien aura lieu dans un salon de l'hôtel Føroyar. Il durera un quart d'heure, Monsieur l'ambassadeur a son avion en début d'après-midi. Vous voyez où se trouve l'hôtel?
— Non, mais je trouverai. J'imagine que c'est à la consule, Simone Joensen, que je dois cette entrevue?
— C'est la mère de votre fille, Mme De Witte, qui a sollicité ce rendez-vous pour vous.
— Ah. Bien. Parfait!
— Je vous souhaite bon courage, monsieur Chauvet.

J'étais assez décontenancé par cette nouvelle. Nathalie avait eu connaissance du voyage de l'ambassadeur aux Féroé, alors que sans Martha je serais passé à côté. Je l'ai appelée pour lui faire part du changement de programme. Elle a tenu à m'accompagner. J'ai pris la route de Tórshavn et je l'ai retrouvée devant la *guesthouse* des Hauts de hurle-vent.

L'hôtel Føroyar était situé en haut de la ville. Il dominait la baie. L'ambassadeur m'a reçu dans un

174

petit salon. Il était seul et ça a été un soulagement. Je ne voyais pas comment j'allais pouvoir exposer la situation en si peu de temps. J'avais tant de choses à lui dire. Il m'a accueilli par ces mots :

— Monsieur Chauvet, je suis heureux de vous rencontrer. Je vous ai écouté, il y a quelques années, quand vous étiez à l'Orchestre national de Lyon.

— Merci, mais on m'a dit que j'avais peu de temps, alors j'aimerais aborder tout de suite la disparition de ma fille, Maude.

— Croyez bien que je suis cette affaire de près !

— Il règne ici une sorte d'omerta. La police traîne les pieds et laisse entendre qu'un groupuscule de militants d'Ocean Kepper serait impliqué dans le meurtre d'un chasseur.

— C'est ce que l'on m'a dit, en effet !

— J'ai ici une vidéo qui prouve le contraire. Ce sont des images prises par ma fille. Hier, des vêtements lui appartenant ont été retrouvés chez l'ex-compagne de Jakup Danielsen. C'est le chasseur que l'on voit frapper ma fille avec un harpon sur la vidéo.

— Vous allez un peu vite. Je ne suis pas sûr de tout comprendre.

— Vous comprendrez en voyant les images. Tout le monde ici cherche à étouffer cette affaire et à jeter le discrédit sur les militants anti-*grindadráp* – ma fille Maude en fait partie –, y compris Simone Joensen, la consule.

— Vous ne pouvez pas dire des choses comme ça.

— Elle partage et défend la position de son mari, Atli Joensen, qui consiste à encourager et à protéger les partisans du *grindadráp*.

— J'ai eu l'occasion de le rencontrer à plusieurs reprises quand il était ministre. Je le connais bien. C'est un homme qui mène ses affaires avec poigne. C'est aussi, effectivement, un ardent défenseur du *grindadráp*.

— Ce type m'a offert en pâture à la tempête sur une île quasi déserte. Enfin, je n'étais pas seul, mais il n'aurait pas procédé différemment s'il avait cherché à m'écarter de Tórshavn le temps de votre visite. Aidez-moi à retrouver Maude. S'il vous plaît, pesez de tout votre poids sur les autorités locales.

— Vous savez, l'isolement, le climat peu engageant, les paysages pour le moins intimidants et la persistance de certaines traditions sanglantes et archaïques, défendues sans honte par le gouvernement, font des îles Féroé un lieu à l'écart du reste de l'Europe. Elles ont d'ailleurs choisi de ne pas en faire partie. C'est un peuple têtu qui a résisté à l'hégémonie danoise. Le Premier ministre me disait hier, alors que la tempête faisait rage, qu'ils étaient restés et resteraient un «peuple pirate». Je ferai tout ce qui est en mon pouvoir, soyez-en assuré. Quant à peser sur les autorités féroïennes, ce n'est pas si simple. Je vais faire remonter ces informations jusqu'au ministère des Affaires étrangères.

— Voici la carte mémoire de la caméra de ma fille où se trouve la vidéo dont je vous parlais. Je vous confie aussi son téléphone. Je ne sais pas ce qu'il contient, je n'ai pas le mot de passe pour le consulter. Peut-être vos services y trouveront-ils des informations importantes.

— Une dernière chose. Je comprends que vous souhaitiez rester ici, au plus près de votre fille, mais je vous conseille néanmoins de rentrer chez vous sans perdre de temps. Les autorités m'ont fait savoir que vous êtes sur la liste des suspects concernant des violences commises sur une jeune femme enceinte.

— C'est son ex qui les lui a infligées ! Ils savent très bien que c'est un homme violent.

— De ce que l'on m'a rapporté, il n'était pas à Klaksvík ce soir-là. Plusieurs personnes ont témoigné en sa faveur.

— Même si je le voulais, je ne pourrais pas quitter l'archipel, la police a gardé mon passeport. Eyvor Ennigard, la jeune femme agressée, dira la vérité quand elle sera en mesure de parler.

— Avez-vous pensé à prendre un avocat ?

— Non, je dois dire que j'avais bien autre chose en tête.

— Faites-le sans tarder. Bonne chance, monsieur Chauvet.

J'ai quitté le salon en ne sachant pas bien en quoi cette rencontre allait pouvoir servir la cause de Maude et la mienne.

Martha s'impatientait et faisait les cent pas.

— Alors ?

— Alors rien ! Il m'a dit qu'il allait remonter l'affaire jusqu'au ministère des Affaires étrangères. Ça aurait déjà dû être fait ! J'ai peur, Martha. J'ai peur de ne plus jamais avoir de nouvelles de Maude, de ne pas savoir ce qui lui est arrivé. Quand on ne sait pas, on imagine tout et n'importe quoi et ça enkyste l'esprit.

— C'était bien la peine de faire la route depuis Klaksvík pour si peu.

— L'ambassadeur m'a dit de me trouver un avocat.

— Je m'en occupe. J'appelle le service juridique d'Ocean Kepper, ils sauront t'en conseiller un.

Nous sommes allés manger à Tórshavn. Un repas frugal parce que sans appétit. Ensuite je me suis entretenu au téléphone avec un avocat parisien pendant plus d'une heure. Je lui ai dit avoir rencontré l'ambassadeur, mais que ça n'avait pas été d'une grande utilité. Son avis a été tout autre. Il m'a expliqué que c'était un message fort que l'ambassadeur destinait avant tout aux autorités féroïennes et que ces dernières n'avaient rien à gagner à froisser un important acteur commercial. Ça m'a rasséréné. J'ai ensuite envoyé un texto à Nathalie pour la remercier de son initiative et lui faire part de la rencontre. Verbalement, nous sommes incapables de communiquer sereinement. Par texto, nos échanges sont moins corrosifs. Une question de tonalité, de timbre de voix, une irritante dissonance qui électrise nos conversations.

En milieu d'après-midi, nous avons pris la route pour rejoindre l'île de Vidoy. Martha était au volant. En passant devant le port, j'ai crié :

— Martha, le ferry ! Il n'est plus à quai !

— T'inquiète, il a dû aller faire un tour au large pour voir s'il y avait des vagues !

— Tu te moques de moi ?

— Ne me tente pas…

Elle m'a adressé un sourire. Nous avons longé la côte. Je commençais à bien connaître la route de

Klaksvík. Le ciel était laiteux, voilé par des cirrus qui étiraient leurs traînes blanches au gré des vents d'altitude. Les eaux du fjord étaient noires et étales. C'était assez étonnant, inquiétant presque, dans ces îles où la nature n'est que démesure. Martha a dit : « Putain, c'est quand même beau ! » et je dois dire, malgré la tension ambiante, que j'étais assez d'accord avec elle.

Nous étions sur une route étroite et Martha me parlait de la prochaine saison d'hiver qu'elle comptait faire à Whistler, quand un engin sorti de nulle part a percuté l'arrière de la voiture. Nous avons fait une violente embardée dans un douloureux gémissement de pneus et nous nous sommes retrouvés dans le sens opposé à notre destination. La camionnette qui nous avait heurtés était au milieu de la route. Il y avait deux personnes à bord. Sur ses flancs on lisait clairement : *Laksefarm*. Par la fenêtre, le type côté passager a tendu son bras droit vers nous, pointant un couteau, puis il a passé la lame devant sa gorge, lentement, en tirant la langue, comme font les baleines pilotes quand elles sont égorgées. J'ai crié :
— C'est Danielsen !
Martha a manœuvré pour faire demi-tour. Les pneus ont crissé sur les graviers. Jakup Danielsen et son acolyte nous ont poursuivis. Ils se sont rapprochés dangereusement de nous. Les pare-chocs se sont entrechoqués. Dans un bruit de tôle froissée, notre voiture est allée mordre une nouvelle fois l'accotement. J'ai senti l'arrière se dérober. Martha a rattrapé le coup en maugréant. Dans un secteur

sinueux, nous avons pris un peu d'avance. Subitement, Martha a tourné à gauche et est entrée en trombe dans un chemin étroit qui s'engageait dans une prairie. Nous nous sommes tous les deux cogné la tête contre le montant de nos portières.

— Merde, mais qu'est-ce que tu fais ?

— On va vers les falaises, elles ne doivent pas être bien loin. Attrape mon sac à dos qui est derrière et prépare-toi à courir.

Je n'étais pas sûr d'avoir bien compris. Martha a continué dans le chemin, puis, devant une clôture à moutons, a coupé droit à travers la prairie boréale. Quand celle-ci a cédé la place à l'immensité lumineuse de la mer et du ciel, Martha a coupé le moteur. Elle est descendue de la voiture, a enfilé son sac à dos, puis s'est mise à courir. Attraper mon violoncelle m'a traversé l'esprit. Déjà un bruit de moteur se faisait entendre. J'ai claqué la portière et je me suis lancé derrière elle. Je peinais à la suivre. Puis j'ai senti le souffle du vent remontant les falaises. Le vide était là, sous nos pieds, dégringolant dans une affreuse verticalité de roches noires vers les eaux rageuses de l'Atlantique nord. Je ne savais pas ce que je devais craindre le plus, la lame du couteau de Jakup Danielsen ou l'abîme vers lequel courait Martha. Nous avons contourné des blocs rocheux, nous nous sommes laissés glisser sur des toboggans herbeux. Martha m'attendait au pied pour m'éviter la chute. Sans les voir, nous entendions la présence de Danielsen et de son ami. Puis Martha a posé son sac, m'a encordé en un tour de main avant de faire des anneaux de corde qu'elle a passés en bandoulière. Elle m'a lancé :

— On va tenter notre chance dans les vires, j'espère qu'ils ne nous suivront pas.

— Tu as dit toi-même que ces types chassaient les oiseaux dans les falaises !

— On verra jusqu'où ils peuvent s'aventurer. Tu regardes où tu mets les pieds, tu ne poses pas de questions et tu avances sans jamais regarder derrière toi. C'est compris ?

Nous nous sommes engagés dans une falaise tout droit sortie de mes cauchemars. La vire était à peine plus large qu'une boîte à chaussures. Des macareux perchés en plein vide, voilà ce que nous étions. Un gouffre dont je percevais la terrifiante présence plus que je ne la voyais – je n'y tenais pas trop. Je sentais parfois mes pieds se dérober sur la roche noire suintante. Les remugles sortant de la gueule du monstre voilaient ses enfers de nuées sombres. Quand elles se déchiraient dans un hoquet de vent, dévoilant brièvement l'abîme, je me sentais basculer vers l'écume mouvante des vagues qui ourlaient son pied, six cents mètres plus bas. Le grondement était incessant. Martha marchait comme un piéton sur un trottoir étroit. Elle avançait, la corde tendue juste ce qu'il fallait pour me donner un sentiment de sécurité. Qu'aurait-elle bien pu faire pour enrayer ma chute ? Nous étions liés à la vie à la mort. Je m'en voulais de l'avoir embarquée dans ce traquenard, d'être un poids pour elle.

Les types nous suivaient en nous invectivant. Enfin, c'était surtout le cas au début de notre descente, dans les gradins herbeux situés sous le sommet de la falaise. Les chasseurs de macareux qu'ils étaient ne semblaient pas y avoir rencontré de problème, mais quand Martha s'est engagée sur la vire, ils se sont montrés moins loquaces. Nous avons progressé ainsi pendant un temps qui m'a semblé interminable. Puis la vire s'est rétrécie avant de se réduire à néant. L'impasse nous livrait à la folie meurtrière de Danielsen. Ça n'a pas stoppé Martha. Je l'ai regardée s'engager en plein vide et escalader un ressaut pour rejoindre un vague replat. Il y avait moins de dix mètres à gravir, sept ou huit probablement, mais cela revenait à quitter une étroite corniche au sommet d'une gigantesque tour en construction pour rejoindre, par un mur vertical, celle du dessus. Danielsen est apparu, seul. Son comparse avait abandonné la folle poursuite. Nous n'avions qu'une vingtaine de mètres d'avance sur lui.

— Où est-ce que tu vas comme ça ?

Martha n'a pas répondu.

— Vous ne m'échapperez pas, putain. Je connais ces falaises. Il n'y a aucune échappatoire. Il va bien vous falloir revenir.

— Tu ne connais rien du tout. T'es vert de trouille, c'est tout. Tu gueules comme une mouette, mais la vérité, c'est que toi et ton copain, vous n'avez pas les couilles pour nous suivre.

Martha le narguait tout en continuant à grimper, puis elle s'est installée et m'a fait venir jusqu'à elle. Je n'ai pas hésité une seconde. Elle a tiré fort sur la corde et j'ai franchi le ressaut en quasi-apesanteur. Danielsen a hésité un moment, puis il s'est avancé jusqu'à l'extrémité de la vire. Martha l'a harangué quelques minutes encore. Son assurance faisait grise mine. Il a quitté la vire, sans conviction. Ses mains cherchaient les prises à tâtons. Il regardait sans cesse en bas, posait ses pieds avec précipitation. Tous ses gestes disaient sa crainte, son affolement. Il s'est élevé de deux mètres, guère plus, puis il s'est arrêté, incapable d'aller plus loin. Ses jambes tremblaient. Tout son corps s'est agité comme pris de frissons. La peur l'avait gagné. Le vertige le figeait. Sa colère l'avait trompé, son orgueil aussi sans doute. Il s'est blotti tout contre la roche, implorant son ami de venir le chercher, mais seul le vent venu de la mer répondait laconiquement à ses appels. Je pouvais voir chaque détail de son visage. Un visage déformé par l'effroi. Il avait un tatouage prenant naissance je ne sais où, qui remontait son cou pour coloniser, tel un blob, son crâne rasé de part et d'autre d'une crête peroxydée. Une affreuse coiffure de footballeur. Ses phalanges l'étaient aussi, tatouées. Toutes. Il ne nous quittait pas des yeux, mendiait quelque chose. Quelque chose que nous ne pouvions pas lui offrir. Il ne devait pas avoir plus de trente ans et tout laissait à penser qu'il en resterait là.

Martha a fait une boucle autour d'un becquet rocheux avec sa corde et m'y a attaché avec un mousqueton. C'était rassurant de me savoir arrimé au rocher. Puis elle a hélé Jakup Danielsen :

— Jette ton couteau et je te passe un brin de corde.

— Je ne peux pas jeter mon *grindaknívur* !

— C'est toi qui vois !

— Qu'est-ce que c'est un *grinda* machin ?

— Un couteau de baleinier. Celui servant à la mise à mort. Les types ornent le manche et l'étui d'incrustations d'ivoire ou d'argent et se le passent de génération en génération.

Martha était sur le point de repartir quand Danielsen l'a de nouveau suppliée.

Elle lui a dit :

— C'est bon, je t'envoie un brin de corde et tu redescends jusqu'à la vire !

Je lui ai demandé :

— Pourquoi tu fais ça ?

Laconiquement elle m'a répondu :

— Parce qu'on ne va pas y passer la nuit !

Il a agrippé la corde comme un homme à la mer s'agrippe à une bouée. Puis il a levé les yeux vers nous. Un sourire de soulagement est apparu sur ses lèvres. Peut-être n'était-ce qu'un rictus né de la douleur de ses bras tétanisés.

— Si t'as des trucs à lui demander, m'a dit Martha, c'est le moment.

Mon esprit était confus. J'ai cependant articulé :

— Qu'est-ce que tu as fait à ma fille ?

— Rien ! Quand on l'a trouvée, elle était blessée. Je te jure que c'est pas moi ! On l'a emmenée chez Eyvor pour qu'elle la soigne.

— Pourquoi ne pas avoir appelé les secours ?

— On voulait juste sa caméra, mais elle avait retiré la carte mémoire.

— Dis-moi où elle est !

Jakup Danielsen avait commencé à descendre, il reprenait espoir, retrouvait de l'assurance.

— Je t'emmerde, toi, ta fille et tous ces enculés d'Ocean Kepper !

Martha a soupiré :

— Je crois qu'on n'en tirera rien de plus.

Elle a trifouillé les nœuds et les mousquetons qui retenaient Danielsen, puis elle m'a dit :

— Tiens, aide-moi, tire sur ce brin.

J'ai tiré. Le nœud s'est détricoté en un éclair. La corde s'est soudainement détendue. Je vois encore l'expression du visage de Jakup Danielsen, entre effroi et stupeur, basculant avec la corde flasque dans les mains. Quand elle s'est sèchement tendue, elle a filé entre ses doigts. Ses bras ont battu l'air, cherchant un appui sur les brumes déchirées, puis il a disparu dans l'abîme en hurlant de terreur. Mon cœur s'est mis à pomper des courants d'air. Sous le choc, j'ai dû m'asseoir.

Martha m'a donné une gifle un peu trop appuyée à mon goût. Elle a eu pour effet de m'extirper sur-le-champ de la sidération dans laquelle je m'enfonçais.

— Oh! Reviens avec moi. Faut qu'on sorte d'ici maintenant.

— Il est tombé...

— Pour un mec féru de tradition locale, c'est une belle mort.

— Qu'est-ce que tu veux dire?

— Autrefois, les Féroïens jetaient des falaises les esclaves dont ils ne voulaient plus. Comme offrande aux dieux, reconnais que ça devait avoir de la gueule !

Je suis resté muet. Martha portait sur le monde, ancien, présent et à venir, un regard caustique, froid, désabusé et pourtant lucide. Maude devait avoir cette même acuité, j'en étais convaincu. Mais dans l'instant j'avais l'affreuse sensation que je venais de lâcher la main de ma fille et que c'était elle que je venais de voir s'abîmer.

— J'aurais aimé le faire moi-même, mais c'était à toi de le faire.

— Je ne sais pas trop ce que je dois te dire...

— Tu auras tout le temps d'y réfléchir. Bon, on va continuer à grimper et essayer de sortir par là-haut, ça nous évitera de tomber nez à nez avec l'autre gus.

«Ce monde ressemble à s'y méprendre à l'enfer», voilà ce qui m'est venu à l'esprit.

Nous sommes sortis de la falaise en escaladant une succession de ressauts et de dièdres très raides. Il fallait l'audace et la maîtrise de Martha pour oser s'engager dans une telle ascension.

Nous sommes retournés à la voiture. Il n'y avait aucune trace du deuxième type. En passant devant la camionnette, Martha s'est arrêtée. Elle a jeté un coup d'œil à l'intérieur, puis elle a ouvert son couteau avant de percer les deux pneus avant. Le fourgon s'est affaissé dans un soupir.

Ça faisait plusieurs jours que j'avais l'impression de vivre dans un shaker. La douleur était partout en moi. Je me demandais quelle tournure les choses allaient bien pouvoir prendre et je n'avais aucune raison d'être optimiste. Mon seul espoir était de me réveiller.

23

Nous sommes arrivés chez Niels à la nuit. Il nous a accueillis avec chaleur. Son allure de pâtre grec avait quelque chose de réconfortant. Je lui ai raconté les derniers événements, sans omettre l'épisode avec Danielsen et son acolyte. Je ne suis cependant pas entré dans les détails qui avaient conduit à sa perte. Il en va des souvenirs comme de nos actes, il y a ceux que l'on voit surgir avec bonheur et nostalgie et puis il y a les autres, ces stigmates, ces ombres que l'on tait, que l'on aimerait chasser de notre mémoire. Mais rien ne s'efface jamais. On fait avec. Au mieux, on apprivoise.

Nous avons passé une partie de la soirée à décortiquer la vidéo de Maude. Enfin, surtout Niels et Martha. Elle se l'était fait envoyer par mail et avait ensuite téléchargé, sur l'ordinateur de Niels, une application pour en faire une lecture image par image. Elle tenait absolument à nous montrer l'instant où le chasseur avait été frappé. En écoutant les voix, sur la toute fin du film, Niels a dit qu'il n'y avait rien à en tirer. Moi, je n'avais pas la tête à ça. J'avais bu pour gommer mes doutes, mes angoisses. La violence me révulse autant qu'elle me consterne. Elle me fige, me panique. J'étais effrayé par la désinvolture de

Martha. Ce qui m'horrifiait le plus n'était peut-être pas tant d'avoir tué Jakup Danielsen que d'avoir éliminé la personne qui pouvait me conduire à Maude. Et puis j'attendais avec fébrilité le résultat de la perquisition chez Eyvor Ennigard. J'en espérais beaucoup et rien à la fois. C'était très stressant. Ressasser tous ces espoirs et ces images m'était douloureux. L'alcool ne m'apportait pas l'effet escompté. Je suis allé m'allonger, mon Mirecourt à mes côtés.

Au milieu de la nuit, Martha m'a secoué. Je me suis redressé, en nage.

— Tu parles en dormant. Tu pousses des cris aussi. Je crois que tu ne supportes pas l'alcool.

— Il n'y a pas que l'alcool…

— Tu veux que j'aille te préparer une tisane ?

— Non, merci, ça va aller.

— Bon, je vais te faire la conversation, ça t'aidera à chasser tes cauchemars !

— Je veux bien.

— On parle de quoi ? De musique ?

— Tu n'y connais rien. Parle-moi plutôt de toi. Tu te souviens de ce restaurant à Tórshavn ?

— Le petit restaurant niché dans un environnement effrayant, au milieu du monde ?

— Oui, c'est ça ! À table, tu m'as dit que tu n'aimais pas les chasseurs et que tu avais «une putain de bonne raison» pour ça. C'est à cause de cette raison-là que l'on a…

— «Coupé les liens» avec ce gros con de Danielsen ?

— Oui, c'est ça.

— Ses menaces te manquent ?

— Il ne manquera à personne, je crois.

— Sûrement pas à son ex !

Elle a marqué une assez longue pause. Elle semblait réfléchir, peser le pour et le contre peut-être bien. Puis elle s'est lancée :

— Mon père était courtier en assurances. Il fourguait des contrats pour tracteurs et moissonneuses-batteuses dans les fermes céréalières de l'Alberta et du Saskatchewan. Il disait que les plus juteux étaient les contrats «périls agricoles». Les gars connaissaient bien leurs engins, alors c'était difficile de la leur faire à l'envers, tandis que les risques de perdre une récolte sont nombreux et totalement imprévisibles. Quand tu cultives neuf cents hectares, rien que d'y penser ça te donne froid dans le dos. Les gars regardaient moins à la dépense pour ce type de contrat.

«On habitait à Edmonton. Ma mère ne travaillait pas. Elle donnait un coup de main à la paroisse de temps à autre et s'occupait de moi et de mon frère, Paul. Mon père partait souvent pour deux ou trois semaines, parfois un mois entier. Quand il rentrait, il s'accordait quelques jours de repos qu'il occupait le plus souvent à chasser avec son père et le frère cadet de ma mère. Parfois, le week-end, on allait camper. Ça semblait être une nécessité, pour lui, de nous initier au camping. Le genre de truc que tous les bons pères doivent partager avec leurs gosses.

«Quand Paul a eu treize ou quatorze ans, il lui a dit qu'il était temps qu'il s'initie à la chasse. Ils partaient souvent ensemble pour deux ou trois jours, accompagnés des mêmes. Je détestais ces moments sans Paul. Des moments que ma mère mettait à profit pour m'apprendre le genre de trucs que les filles sont censées savoir. J'avais horreur de ça. J'ai toujours eu une relation tendue avec ma mère. Nous étions rarement sur la même longueur d'onde. Avec mon père c'était la même chose. Enfin, non, c'était encore différent. Je n'ai jamais eu de relation avec lui. Il m'ignorait. Lui s'occupait de l'éducation de Paul, ma mère devant prendre sa part de travail. Pour moi, la seule chose qui comptait, c'était être avec mon frère. Apprendre à chasser, à m'orienter dans les bois et à poser un affût sur la berge d'un lac me convenait très bien. Mon frère, lui, était assez fier, au début, de partir avec les adultes, mais il a vite déchanté. Les soirées au coin du feu avec mon père, mon grand-père et mon oncle lui sont rapidement devenues pénibles.

« Pour ses quatorze ans, mon père a offert à Paul un fusil. Un fusil rutilant qu'il s'était procuré dans le nord du Saskatchewan. Ça semblait avoir de l'importance, à ses yeux, qu'il vienne de là-bas. Au début de l'automne, cette même année, ils sont allés chasser dans les monts Waputik. Quand ils sont rentrés, j'ai tout de suite compris que ça ne s'était pas bien passé. Paul semblait absent. D'habitude, il me racontait les histoires que mon père et notre oncle ressassaient pendant les repas et on jouait à savoir lequel des deux était le plus menteur – je dois dire qu'à ce jeu, notre oncle gagnait souvent. Ce soir-là mon père a dit que Paul avait mangé un truc qu'il ne digérait pas. Ma mère lui a préparé un verre avec du bicarbonate, mais il a préféré aller se coucher. Nous ne l'avons pas revu de la soirée. J'ai tenté de me glisser dans son lit pour savoir ce qui n'allait pas, on faisait souvent ça, mais il m'a virée en me disant qu'on était trop grands, qu'il fallait que j'arrête d'entrer dans sa chambre. J'ai d'abord pensé que c'était mon père qui lui avait posé cet interdit. Il n'avait aucun scrupule à escroquer les exploitants agricoles, mais voyait d'un mauvais œil que son fils puisse passer une nuit dans le même lit que sa sœur. Une question de morale, probablement, pour un homme qui se vantait d'en être dépourvu. Les jours suivants mon frère n'allait pas mieux. Quelque chose s'était éteint en lui. Avec mon père et mon oncle, il est retourné à la chasse deux fois encore, puis ça a été terminé.

« La veille de Noël, Paul s'est pendu. Je l'ai trouvé dans le bois qui borde la rivière. Son corps était blanc de givre. Ma mère et moi avions passé l'après-midi à faire les derniers achats. Ça a été un moment horrible. Quand la police et l'ambulance sont arrivées, je suis allée m'enfermer dans ma chambre. Il y avait des Post-it un peu partout qui disaient : "Tu chauffes" ou : "Tu refroidis". Nous avions tant de fois joué à cela. J'ai fini par découvrir, cachés derrière une poutre, un cadeau de Noël et une enveloppe. J'ai ouvert l'enveloppe. Je pourrais te réciter sa lettre par cœur, mais je ne le ferai pas. Il y a dedans des choses qui n'appartiennent qu'à moi. Dans cette lettre, Paul me disait la partie de chasse dans les monts Waputik, celle dont il n'était jamais vraiment revenu. Ils avaient pisté un jeune cerf dans la forêt de pins qui couvre la vallée, pendant une bonne partie de la matinée. Un peu avant midi, le wapiti est apparu à la lisière de la forêt. Mon père a dit à Paul : "Il est à toi !" Paul a épaulé. Il a hésité à tirer. De la clairière qui se dessinait derrière le cerf jaillissait une lumière aveuglante. Grand-père a dit : "T'attends Noël pour tirer?" Le coup est parti. Le cerf est resté debout. Puis il y a eu des cris. Paul a voulu aller voir, mais mon grand-père l'a retenu. Il a ramassé la douille et ils se sont éloignés. Quand un hélico jaune et rouge les a survolés, Paul a fait demi-tour et l'a suivi en courant. Il a couru pendant un long moment en se fiant au son de la turbine. Puis il a aperçu l'engin posé. Il a sorti ses jumelles. Les secouristes s'activaient sur une personne allongée. Quand ils l'ont posée sur un brancard, il a vu l'enfant. Une petite fille de huit ans à peine. Il ne le savait pas encore, mais elle s'appelait Jade. L'hélico l'a emportée et à sa place est apparu un lac. Une famille s'était installée là pour le dernier pique-nique de l'année. Mon père et mon oncle sont arrivés, ils lui ont dit : "On ne peut plus rien y faire. Que ce soit toi ou n'importe qui d'autre, ça ne fera aucune différence." Grand-père était du même avis. Après, ils ont forcé Paul à les accompagner de nouveau à la chasse pour nous donner le change, à ma mère et à moi. À tous ceux qu'ils côtoyaient lors de ces sorties aussi.

« La tradition, Raphaël, c'est la tradition familiale qui a tué cette enfant et mon frère. Je déteste tout ce qui s'y rapporte. Qu'elles soient ethniques ou religieuses, je ne comprends pas cet insupportable besoin de perpétuer quand c'est violent, inutile et moche. Quand je vois des gamins assister aux *grindadráps* et chevaucher les baleines pilotes égorgées, leur arracher les dents avec un marteau et un tournevis pour s'en faire des colliers, j'ai mal pour eux. Je maudis les parents qui leur offrent un monde bancal et décadent.

— Tu as fait comment pour continuer à vivre en famille avec ce fardeau ?

— J'ai passé beaucoup de temps chez ma grand-mère maternelle. Ça a été une période difficile. Le plus clair de mon temps j'allais crapahuter en montagne. Je lui dois beaucoup.

— Et le cadeau de Noël, c'est indiscret de te demander ce que c'était ?

— Une boîte vide. Enfin, pas tout à fait. « Tu crois que la mort c'est ça ? » était écrit dans le fond. Paul avait eu peur avant de passer à l'acte. Sans doute a-t-il hésité. Et moi, plutôt que d'être à ses côtés, je faisais tout ce que je détestais faire. Tu me croiras si tu veux, mais mes parents ont continué à fêter Noël chaque année, comme si de rien n'était, jusqu'à ce que mon père passe dans les lames rotatives de l'ensileuse d'un client mécontent.

— C'est une histoire affreuse…

— Peut-être bien, mais c'est la mienne et j'en ai pas de rechange !

— C'est pour ça que tu es guide ?

— Je grimpe parce que sur le chemin de nos vies rêvées, il y a tellement de monde en rade sur le bas-côté qu'on ne trouve la lumière et le silence qu'en s'élevant.

Elle est allée se recoucher. Trouver sa place sur le matelas lui a demandé un peu de temps, puis elle s'est endormie. J'ai écouté sa respiration, régulière et apaisée, en me disant que sur cette terre les hommes ne sont égaux en rien.

24

Le lendemain, je me suis réveillé assez tôt. Je n'avais pas mon compte de sommeil, mais je savais que ruminer les heures passées ne ferait qu'accentuer ma sévère déprime. J'avais en tête ce que je devais faire, comme prendre des nouvelles d'Eyvor Ennigard, appeler le loueur de voitures, chercher un moyen de joindre le pilote d'hélicoptère pour comprendre pourquoi il n'avait pas pu venir me récupérer, réapprovisionner Niels en alcools divers, remercier Úlvur aussi –, mais mon abattement était tel que je ne savais pas par quoi commencer. Je me suis habillé et je suis allé dans la cuisine. La maison semblait déserte. J'ai cherché mon téléphone. Il était coincé entre des coussins. J'ai vu que l'inspecteur Samuelson avait essayé de me joindre. Je l'ai aussitôt rappelé. Dès les premiers mots, au son de sa voix, je crois que je savais déjà. Dans sa manière de se présenter, dans ses hésitations, le silence qui a suivi, il y avait le poids de l'inéluctable. Il s'est raclé la gorge avant de se lancer :

— On a retrouvé votre fille. Ça devra être confirmé par le légiste, mais il n'y a pas de doute : aucune autre disparition ne nous a été signalée…

Je me suis assis sur la banquette, avec dans les oreilles la pire chose qu'un père puisse entendre et entre les deux un immense désarroi qui donnait à voir le néant. J'étais au bout du bout, de ma quête, du monde.

— Elle était où ?

— Écoutez, monsieur Chauvet, c'est difficile à expliquer par téléphone. Vous êtes toujours à Klaksvík ?

— Non, je suis à Vidareidi.

— Je n'aime pas ce que je vais devoir vous dire. Je n'aurais jamais pensé devoir faire ça un jour, on ne devrait jamais avoir à le faire... Elle était chez l'ex de Danielsen. Dans son *hjallur*. Vous voyez ce que c'est ?

J'ai répondu oui et ça l'a soulagé, l'inspecteur Samuelson, de ne pas avoir à me dire que le corps de ma fille avait maturé, avec celui des baleines pilotes, dans un cabanon qui puait les chairs putrides et l'ammoniac. Mon cauchemar n'en était plus un. L'abominable venait de me marquer au fer.

— Depuis combien de temps ?

— Le légiste nous le dira, mais ça ne date pas d'hier.

— Est-ce que je pourrai la voir ?

— Nous l'avons emmenée à l'hôpital de Klaksvík. Tant qu'on n'aura pas la confirmation officielle du légiste, ce ne sera pas possible. Mais, vous savez, ce n'est pas une bonne idée, vous pouvez me croire.

Je suis resté avec le téléphone entre les mains. Je le regardais comme s'il avait eu le pouvoir de faire machine arrière, de revenir à un moment connu.

Un autre appel. Tout effacer. Avant de raccrocher, Samuelson m'a confié :

— Je voulais vous dire, pour votre fille… aussi dur que cela soit, vous allez pouvoir lui dire au revoir. J'aurais aimé pouvoir faire ça avec mon fils.

J'ai envoyé un texto à Nathalie qui transcrivait précisément les mots de l'inspecteur. Une fois terminé, je n'ai pas su quoi ajouter. Rien ne me venait. Je lui ai envoyé le message comme je l'avais reçu. Brut. J'ai su à ce moment à quel point je lui en voulais d'avoir soustrait Maude à ma vie. Un point que je pensais être étranger à ma nature.

J'ai dit à mon Mirecourt le drame qui venait de nous frapper. Je me suis allongé sur mon matelas, la tête dans le sac de couchage de Maude. Là, dans l'odeur de ma fille, la douleur a infusé. Des corps livides et exsangues sont venus me hanter. Des corps féminins torturés, mutilés. Des chairs meurtries, plaies béantes, monstrueusement entaillées, affreusement recousues avec des agrafes de métal comme les sculptures de Christian Zucconi. Des corps greffés, ventre contre ventre, femmes et dauphins liés dans la mort. Une salle des pendus où des cadavres, partiellement démembrés, cloutaient le plafond comme des vêtements de mineurs. Des visions cauchemardesques qui colonisaient mon esprit comme une peste au point que j'en perdais progressivement le contrôle.

J'ai sorti de ma valise ma queue-de-pie, mon pantalon à bandes de satin, ma chemise blanche et la lavallière. Avec mon Mirecourt sur le dos, j'ai marché jusqu'au sommet du Villingadalsfjall situé juste derrière la maison de Niels. J'ai marché comme Maurice Baquet parcourait les Alpes avec son violoncelle en guise de sac à dos, de la nourriture céleste plein son étui. Le froid pétrifiait tout mon être. La montée a été longue et harassante. Près du sommet, une brume laiteuse venue de l'océan formait une sorte de glacis sur les rochers. Avancer dans cette masse opalescente avait quelque chose d'irréel. Là-haut, l'océan volcanisé était partout. La mer et son souffle glacé. Nous nous sommes avancés sur la ligne de faîte. Le cap Enniberg était à portée de main. Lentement, j'ai posé mes pas sur la lèvre du vent. Elle conduisait à un promontoire à la croisée des âmes. Un mirador pour regarder la mort en face, droit dans les yeux embués et rageurs de l'océan. Sans mon violoncelle, je n'aurais jamais eu cette force. Au bout du bout, il y avait un replat grand comme une main du Christ du Corcovado. L'insondable, dans le vertige de ses abrupts glissant vers une grève invisible, accueillait un vol de colombes. Je n'en croyais pas mes yeux. J'ai pensé que c'était un signe, un appel des cieux. J'ai sorti mon Mirecourt de son étui. Une bourrasque s'est ruée dessus. Je l'ai plaqué contre moi, orienté ses éclisses au vent. Dans ses ouïes, il a soufflé un requiem. La table vibrait follement. Tout son corps vibrait et le mien avec. Les cordes ont chanté sous l'archet invisible. Ma main gauche sur le manche, les doigts gourds, j'ai joué ma dernière partition. Je jouais dans la main de Dieu. J'attendais qu'Il souffle dans sa paume comme on envoie un baiser. Un baiser mortel. J'attendais l'ultime secousse. Je me disais que j'avais interprété tant de messes, d'alléluias, de requiems, tant de bondieuseries allégoriques qu'Il me devait bien ça.

Quand une pression s'est faite sur mon épaule, j'ai fermé les yeux en espérant que ça ne soit pas trop violent. J'étais un peu triste d'avoir imposé toutes ces épreuves à mon Mirecourt. Il aurait pu vivre encore quelques siècles, comme un Montagnana ou un Stradivarius, mais quitter le monde sans lui était au-dessus de mes forces.

— Tu m'as donné du mal, tu sais. Je craignais d'arriver trop tard… Je suis bien trop vieux pour ce genre d'exercice. Des années que je n'étais pas venu ici.

Niels se tenait là. Quelque chose s'est rompu en moi. Quelque chose de beaucoup plus profond et complexe qu'un songe. Une sorte de désincarnation, peut-être bien. J'ai eu la sensation de me dépouiller de mon enveloppe charnelle.

— Maude est partie.

C'est à ce moment que les larmes sont venues. Je les essuyais avec mes doigts gelés et je pouvais sentir l'once de chaleur qu'elles contenaient.

— Quand je t'ai vu, sur le sentier du Villingadals-fjall, en remontant du port, j'ai compris qu'il s'était passé quelque chose.

— Ils l'ont trouvée chez Eyvor Ennigard, dans son *hjallur*, hier soir ou ce matin, je ne sais pas. Elle était avec des quartiers de baleines et de dauphins. Je ne peux pas m'enlever cette atroce image de la tête.

— Il y a pire compagnie que les baleines et les dauphins, Raphaël.

— Il n'y a pas pire compagnie que la mort…

— Ne restons pas là, viens, il nous faut redescendre.

Le retour brutal dans une réalité qui ne semblait pas en être une, en marchant sur une arête hasardeuse comme la roulette russe, m'a flanqué la nausée. Je ne savais pas comment j'avais bien pu faire tout ce chemin. Aujourd'hui encore je me le demande.

Le pas de Niels n'était pas très assuré. La vieillesse est un lent naufrage et il se demandait à haute voix quelle serait sa dernière pensée le jour où sa carcasse toucherait les brisants. Peut-être juste celle-là, s'il venait à se casser la gueule sur-le-champ. Il avait tenu à porter mon violoncelle. Je craignais autant pour lui que pour moi, mais son expérience du terrain et un vertige qu'il n'avait jamais connu compensaient sa perte de vitalité. En chemin, il m'a dit :

— Te donner en pâture aux goélands blancs n'était pas l'idée du siècle. Ils n'ont pas besoin qu'on les nourrisse, ils se débrouillent très bien tout seuls !

Je ne lui ai pas avoué que j'avais vu, dans ces goélands blancs, des colombes. Des colombes pour m'accompagner et m'ouvrir les portes de l'au-delà. Je sentais bien que pour Niels c'était une forme de lâcheté, ce refus d'affronter la réalité, la vie. Il faut du courage pour faire face aux épreuves, mais pas plus que pour faire face à la mort. Maude, au travers de ce qu'elle avait enduré, m'avait appris ça.

25

Maude était de nouveau entrée dans ma vie en quittant la sienne. Vivre avec ce venin dans les veines, voilà ce que je m'infligeais. Ma croix, pour ne pas avoir compris que m'abîmer c'était m'élever. Pour avoir craint ce trou noir, ce pas dans le vide. Pour n'avoir pas su voir, au-delà du gouffre froid, ma fille qui me guettait, m'espérait peut-être. Ma première crise d'angoisse depuis la dépression qui avait fait suite à son départ, confisquée par Nathalie. Tout me ramenait toujours à Maude. J'avais espéré ne jamais voir ressurgir ces heures sombres. Cette séparation avait été comme me trancher une jambe. J'avais réappris à marcher, en essayant de masquer ma boiterie. Un membre tranché, ce n'est pas comme la queue d'un lézard, ça ne repousse pas soixante jours plus tard. Ça fait continuellement souffrir, des douleurs fantômes que rien ne soulage.

J'avais sur mon téléphone plusieurs messages qui attendaient d'être lus. Je les ai ouverts, parce qu'il ne servait à rien de les laisser s'accumuler au risque de rater quelque chose d'important. Croire au miracle. L'ambassadeur me disait sa compassion et me présentait ses condoléances. La consule s'était elle aussi fendue d'un message, calqué sur celui de l'ambassadeur. Mon avocat me demandait de le rappeler au plus vite. Le loueur de voitures m'informait du montant exorbitant de la franchise que j'allais devoir payer. Et Nathalie me disait qu'elle voulait rapatrier le corps de Maude en Belgique. Ça m'a accablé, cette constante volonté d'appropriation, jusque dans la mort. Martha a trouvé cet accablement salutaire «parce qu'après, a-t-elle dit, vient le temps de la révolte». Je ne sais où elle allait chercher ses mantras, mais ils étaient de toute évidence destinés à des personnes qui chaussaient plus grand que moi.

— Tu devrais apprendre à t'exprimer autrement qu'avec ton violoncelle. Dis les choses telles que tu les ressens. Extériorise tes maux. Frappe, mets-les à terre et essuie-toi les pieds dessus !

Martha, il n'y avait pas que ses maux qu'elle mettait à terre. J'aurais aimé être comme elle.

— Il faudrait que tu appelles ton avocat.

Je me demandais à quoi pouvait bien ressembler sa vie quand elle n'était pas militante ou guide. Peut-être juste ça, être militante pour lutter contre les offenses faites à notre environnement et guide pour faire découvrir quelques fractions de ses richesses. Je l'imaginais dans une cabane en bois, au pied d'une montagne, sur le versant adret parce que Martha aimait la lumière, pas loin d'une rivière, assez près pour en entendre le murmure. Sur la façade, des stères de bois empilés et un billot pour fendre les bûches. Un intérieur pas très ordonné, avec un tas d'ustensiles aux fonctions qui ne viennent pas spontanément à l'esprit. Une pièce pour les skis et le matériel de montagne. Un potager aussi – je me disais qu'elle devait aimer cultiver ses légumes.

— Tu m'écoutes?

— J'essaie d'imaginer l'endroit où tu habites. Enfin, la maison que tu habites.

— Tu t'imagines quoi? Une cabane perdue dans les montagnes, genre chalet en rondins que j'aurais construit de mes mains?

— Ou que tu aurais retapé…

— Avec un potager et des poules?

— Quelque chose comme ça.

— Oublie! J'habite une caravane, sur la propriété de ma grand-mère. Un potager, moi? Je vois vraiment pas comment j'aurais le temps!

— Une caravane, j'aurais dû cocher cette case aussi.

— Je te disais d'appeler ton avocat. J'ai eu Susan au téléphone. Ocean Kepper a alerté les médias concernant la découverte de Maude. Deux conférences de presse ont été programmées. Demain à midi depuis Paris, avec ton ex-femme et son mari, et après-demain à onze heures depuis Seattle, avec les parents d'Alan. Des extraits de la vidéo de Maude vont être présentés à la presse. Ils sont nombreux à avoir confirmé leur présence. Je crois que ça va être géant! Il faut aller vite et se faire entendre maintenant, après ils passeront à autre chose. Les avocats se concertent. Susan dit qu'il faut que tu appelles le tien rapidement pour qu'il soit partie prenante.

Martha était comme Susan, le côté militant l'emportait parfois sur l'humain et cela pesait autant sur ses formulations que sur moi.

— Une conférence de presse avec Nathalie et son mari?

— Qu'est-ce qui te choque? C'est la mère de Maude, non? C'est avec elle et son nouveau mari qu'elle a passé ces dernières années et ils ne sont qu'à deux heures de Paris.

— Merci de me le rappeler. Je ne crois pas qu'elle ait été heureuse avec eux. La première fois que l'on s'est retrouvés ici, chez Niels, après le *grind*, tu m'as dit avoir pensé un temps que Maude souffrait d'autisme.

— J'ai seulement dit que ça m'était venu à l'esprit parce qu'elle m'avait semblé très introvertie.

— Si tu avais pu la voir gamine, elle était vive, gaie, effrontée parfois. L'exact opposé de la description que tu m'en as faite!

— Je comprends, Raphaël, mais qu'est-ce que tu veux que je réponde à ça, à part que l'adolescence est une période parfois difficile et qu'elle peut laisser des traces.

J'ai appelé mon avocat. Il était furieux d'avoir appris par son confrère qui représentait Nathalie que Maude avait été retrouvée. Implicitement, je l'ai entendu dire que mon ex-femme bougeait ciel et terre pour retrouver Maude, qu'elle se tenait informée à toute heure du jour et de la nuit, tandis que moi, depuis ces terres subarctiques, je faisais du tourisme. Je lui ai répondu qu'il parlait de ma fille et qu'elle était morte dans de probables souffrances que ni lui, ni moi, ni qui que ce soit d'autre ne souhaiteraient endurer un jour. J'ai ajouté que, sans excuses de sa part, nous en resterions là. Il s'est exécuté sans aménité. Puis je lui ai donné les précisions qu'il souhaitait, sur le lieu de la découverte du corps notamment. Il m'a demandé si j'avais une idée de ce qui avait pu se passer, du déroulé des événements. J'avais ruminé ça toute la nuit, alors je me suis lancé dans une reconstitution des faits qui valait autant pour moi que pour lui :

— Après avoir été frappée par le harpon de Jakup Danielsen, Maude s'est cachée dans un amas de rochers tombés de la falaise pour récupérer un peu. Elle portait une caméra. Ça ne lui avait pas échappé, à Danielsen, qu'elle filmait. Elle voulait que ses images du *grindadráp* et du harponnage des baleines pilotes qui cherchaient à fuir le massacre ne tombent pas entre les mains des chasseurs. Elle était plus sérieusement blessée qu'elle ne le pensait. Peut-être bien qu'elle connaissait la nature de sa blessure et qu'elle a sacrifié sa vie pour témoigner, pour la protection des baleines pilotes et des dauphins. Dans tous les cas, elle ne se doutait pas qu'elle avait filmé l'assassinat de Tordur, un chasseur – on voit nettement la scène en faisant défiler sa vidéo image par image et en les grossissant. Je pense que sacrifier l'un des leurs, c'était leur idée première, le but étant de jeter le discrédit sur les ONG qui luttent contre le *grindadráp*. Ce pauvre gars, Tordur, était en quelque sorte l'idiot du village. Ce n'était plus un gamin, loin de là, mais c'était la première fois qu'on l'autorisait à participer à un *grindadráp*. Il n'y a pas de hasard. Si l'on ajoute à cela qu'on lui prêtait des aventures avec des femmes du village, ça en faisait une victime toute désignée. Jakup Danielsen et deux autres chasseurs – Aksel Dam et Bardur Ellefsen probablement, je n'ai pas de certitude les concernant – l'ont cherchée. Ce sont eux que l'on entend à la fin de la vidéo. Ils ont attendu que les bateaux aient terminé leurs allers-retours entre la baie de Vidvík et le port de Vidareidi pour ramener les dépouilles des baleines pilotes. L'un d'eux s'était posté sur un promontoire, une grotte dans la falaise, afin de s'assurer que personne ne s'approche de Maude – on a trouvé dans cette grotte un maillot de foot plein de sang, un maillot de l'équipe de Klaksvík qui est un noyau dur des défenseurs du *grindadráp*. Quand les bateaux ont cessé leurs rotations entre la baie et le port, ils ont ramené Maude chez Eyvor Ennigard pour qu'elle la soigne – elle est infirmière. Ils voulaient savoir où Maude avait caché la carte mémoire de sa caméra. Il était vraisemblablement déjà trop tard et elle est probablement décédée dans la nuit qui a suivi – enfin, je l'espère, parce que je ne peux pas l'imaginer souffrir pendant des jours et des nuits, mais Eyvor Ennigard pourra nous en dire plus quand elle sera remise de son traumatisme crânien. Jakup Danielsen, pour parer au plus pressé, a enfermé le corps de Maude dans le *hjallur* de son ex-femme en se disant qu'il serait toujours temps de voir ce qu'il en ferait. Un *hjallur*, c'est un cabanon à claire-voie dans lequel est stockée la viande des baleines pilotes. Je tiens à dire qu'Eyvor Ennigard n'était pas au courant parce que la première fois que je suis allé chez elle, elle m'a conduit jusqu'à son *hjallur*, elle voulait me vendre des quartiers de viande de baleine – je n'ai jamais été aussi près de ma fille que ce jour-là. La jeune génération, soutenue par les autorités locales et une personnalité comme Atli Joensen, ex-ministre de la Pêche et président du club de foot de Klaksvík, veut montrer au monde que rien ni personne ne doit se mettre entre eux, la tradition et leur culture. Il est d'ailleurs assez probable que cet homme, Atli Joensen, soit l'instigateur de ce projet fou consistant à faire exécuter un homme à la seule fin de faire endosser ce crime aux militants anti-*grind* et de jeter le discrédit sur leurs actions.

L'avocat m'a demandé, sur un ton plus avenant :

— Vous pouvez me redire tout cela ? Je vais vous enregistrer, si cela ne vous dérange pas.

Ça ne me dérangeait pas.

26

Nous avons regardé la conférence de presse sur l'ordinateur de Niels. Ocean Kepper la diffusait en live sur les réseaux sociaux. Elle a été assez fidèle à ce qu'avait prédit Martha. Beaucoup de micros et une foule de gens derrière. Nathalie est apparue au bras d'un homme au visage dur et fermé. Ça m'a pincé le cœur de la voir à l'écran, je l'avais recherchée pendant si longtemps. Elle était telle que je l'avais connue, un peu plus forte probablement, mais toujours élégante. Le pincement dissipé, aucune émotion autre que la rancœur ne m'a affecté. L'homme au bras duquel elle était pendue était grand et large d'épaules. Son allure et son costume coûteux disaient, dans les grandes lignes, quel genre de type il était. Quand leur avocate, d'un geste ecclésiastique, les a invités à s'avancer vers les micros, il a pris Nathalie par l'épaule et l'a serrée contre lui dans un élan protecteur surjoué. Elle l'a présenté comme étant président d'une société de holding – j'ai toujours porté un regard dubitatif sur ces « sociétés coucous », qui font leurs nids dans le labeur des autres et les dépossèdent de leurs biens parfois. En arrière-plan, il y avait trois photos. Une de Maude, une autre d'Alan et la troisième, la plus grande, sanglante, forcément sanglante, d'un *grindadráp*. Des dizaines de baleines pilotes et de dauphins, la gorge tranchée, gisant dans une mer de sang, faisaient un épouvantable écho avec les supplices qu'ils avaient endurés. Alan, je ne le connaissais pas, mais toutes les cellules de mon être faisaient corps avec lui autant qu'avec Maude. Ma fille, mon enfant, nos enfants, parce que les parents d'Alan suivaient probablement la conférence de presse, étaient là, placardés en trois par deux sur des panneaux. Beaux et figés à jamais. Ocean Kepper s'affichait partout. L'avocate de Nathalie a poursuivi en plaçant la mort de Maude dans le contexte des îles Féroé et de leur tradition du *grindadráp* contre laquelle elle militait, soutenue et encouragée par sa famille – Nathalie m'avait pourtant laissé entendre le contraire. Elle a tenu à remercier les autorités locales pour avoir retrouvé Maude, à dire la persévérance et le courage qu'il avait fallu à sa cliente et à son mari dans cette longue attente, cette terrible épreuve, avant de leur tendre le micro. Nathalie a dit à quel point Maude lui manquait, le vide qu'elle laissait et la difficulté de continuer à vivre sans jamais entendre le son de sa voix. En ça, je la rejoignais. Son mari a tenu à souligner que Maude était sa fille, qu'il l'avait élevée comme telle, et qu'il ferait tout ce qui était en son pouvoir pour que justice soit faite. Je n'ai pas aimé l'entendre dire cela ! Ça sonnait comme une cornemuse désaccordée.

Les avocats d'Ocean Kepper ont enchaîné en dénonçant dans les actes des chasseurs une volonté brutale et bestiale de faire taire l'ONG. Ils ont dit le courage qu'il fallait aux militants pour agir dans l'intérêt des océans, des espèces marines et, au bout du compte, de nous tous. Ils ont bien sûr prêché pour les missions de l'ONG et se sont lancés dans une diatribe sur le dernier poisson pêché, le dernier cétacé harponné. Sur les ordures et les rebuts toxiques déversés en mer «parce que c'est plus facile et infiniment moins cher que de les traiter». S'est ensuivi un topo sur le rôle des océans, premiers producteurs d'oxygène de cette planète grâce au phytoplancton, et sur le fait que les vider de leurs occupants naturels, les transformer en une soupe nauséabonde et inféconde, c'était nous condamner irrémédiablement. Au final, ils n'ont prononcé les prénoms de Maude et Alan que deux fois et ça m'a fait mal. J'aurais aimé les entendre clamer qui ils étaient et la perte immense que leur mort représentait avec la même ferveur déployée pour dire la nécessité de protéger les océans et les espèces marines. Après un court moment de flottement, mon avocat est apparu. Je désespérais de le voir intervenir. Je ne connaissais de lui que le son de sa voix. Il a déplié une feuille de papier et a dit qui j'étais. Il a ajouté que je ne pouvais être présent parce que je me trouvais près de ma fille, dans les îles Féroé, que j'y étais depuis trois semaines et que la découverte de Maude était le fruit de ma lutte pour la retrouver, contre vents et marées, tandis que la police locale faisait tout pour étouffer l'affaire. Puis il a lu le récit des événements, à peine remanié, que je lui avais fait la veille. Quand il a eu terminé sa lecture, les questions ont fusé. Il est devenu le centre d'intérêt des journalistes, effaçant sa consœur et ses confrères, et il semblait déterminé à faire durer ce moment.

Je me suis levé. Ce qu'il venait de faire me paraissait insensé. Ni lui ni moi n'avions de preuve à avancer concernant la plupart des accusations qu'il avait formulées, notamment celles impliquant Atli Joensen. Je voyais les ennuis arriver, menaçants comme des drakkars vikings sur l'horizon. Martha, elle, était satisfaite. Elle m'a lancé :

— Faut que tu arrêtes avec tes considérations de séminariste. Pour faire bouger les choses, c'est perdre son temps que de les chuchoter dans un confessionnal, faut les balancer à la gueule de la planète entière.

Je suis sorti faire un tour jusqu'au port. Il faisait froid. J'en avais assez de cette existence, de cette météo, du vent permanent, de la pluie incessante, de la neige collante et des brouillards. Parfois tous ces ingrédients dans la même journée. Ces îles étaient un chaudron. Un chaudron dans lequel tournaient les tempêtes de ce monde et des rituels sacrificiels.

L'après-midi, je suis allé à l'hôpital. Je voulais voir Maude, être près d'elle quelques instants. On ne m'a pas autorisé à la voir. Je n'ai pas été surpris, mais quand même, je me devais d'essayer. Je suis descendu au sous-sol. La morgue était fléchée en noir. Je suis allé au plus près d'elle, devant la porte à double battant. C'était étrange de la savoir là, si proche, nue dans un tiroir en inox, avec une plaie laide quelque part sur le thorax. Irreprésentable et dérangeant. Je me suis demandé si ce que je faisais avait un sens, si c'était le fruit de la projection que je me faisais de mon rôle, affreusement tronqué, de père ou si cela résultait de l'absence à combler et de l'impérieux besoin de dire le manque. Je lui ai murmuré l'attente et l'espoir que j'avais gardés en moi, ceux de la voir venir assister à un de mes concerts, et j'ai tu l'affreux cortège de mes déceptions. Je cherchais toujours un regard différent dans les salles, un regard qui m'aurait dit : « C'est moi, je suis là. »

Des infirmiers sont arrivés, poussant un brancard avec un corps recouvert d'un drap. Ils m'ont dit que je ne pouvais pas rester là. Je suis remonté à l'accueil pour prendre des nouvelles d'Eyvor Ennigard. Une infirmière m'a demandé de patienter, puis elle est revenue vers moi en me disant :

— Vous pouvez y aller. Chambre 24.

Ça m'a surpris qu'on me propose de la voir. Je suis monté à l'étage sans être décidé sur ce que je devais faire. Après une brève hésitation, j'ai frappé à la porte. En entrant, j'ai remarqué ses yeux qui me guettaient : Eyvor était sortie de son coma et j'en ai tiré un certain soulagement. Elle avait le visage tuméfié et des broches métalliques sortaient de son bras gauche. Dans ses yeux violacés comme des figues écrasées, j'ai vu des larmes et j'ai lu de la honte. J'ai vu ma mère aussi. Elle avait froid en dedans. Je lui ai dit que j'étais heureux qu'elle soit tirée d'affaire. Elle m'a répondu :

— J'ai appris pour votre fille. Je ne savais pas, je vous jure que je ne savais pas…

Je lui ai dit que je la croyais.

— Merci. Pour les enfants surtout…

— Je ne faisais que passer. Je voulais récupérer la veste de ma fille.

— La police m'a raconté. Je leur ai dit pour Jakup. Je leur ai tout raconté. Pour votre fille aussi. Il est arrivé en pleine nuit. De temps en temps, il passe me voir. Il fait comme chez lui, comme si nous étions encore ensemble. Je ne dis rien à cause des enfants. Là il était avec Aksel et Bardur. Ils ont posé une jeune femme dans la chambre de mon dernier parce qu'il y a deux lits. Jakup m'a demandé de la soigner. Il pensait que je pouvais le faire parce que j'ai travaillé un temps à l'hôpital de Klaksvík. Elle était inconsciente. Son pouls était très faible. Je leur ai dit que c'était aux urgences qu'il fallait l'emmener, pas chez moi. Jakup s'est mis en colère, alors j'ai regardé la plaie qu'elle avait à la poitrine et j'ai voulu savoir si c'était eux qui avaient fait ça. Ils m'ont répondu qu'elle s'était blessée toute seule. Je leur ai dit que c'était grave, qu'il fallait appeler les secours. Ils m'ont répondu : « C'est bon, on s'en occupe » et ils ont mis la jeune femme – enfin, votre fille – sur la banquette arrière de la voiture. Je ne pouvais pas prévoir qu'ils...

— Jakup vous a frappée à cause de ma visite ?

— Il avait bu. Ce n'est pas la première fois.

— Il ne reviendra plus vous importuner.

— Vous ne savez pas quel genre d'homme c'est. Il va devoir faire de la prison. Les flics m'ont dit que la juge demanderait certainement qu'il purge sa peine au Danemark. Mais il reviendra. Un jour ou l'autre il reviendra et je vais devoir vivre avec ça en tête.

— Ça n'arrivera pas. Parce qu'on ne revient pas d'entre les morts. Il n'y a que dans Les Passions de Bach que l'on voit ça. Dans ses oratorios de l'Ascension et de Pâques. Ils sont sublimes. C'est la musique la plus humaine que je connaisse.

Elle a froncé les sourcils, ce qui lui a tiré une grimace de douleur. Mon propos un brin ésotérique l'a laissée dubitative. Je lui ai demandé :

— Et votre bébé ?

Elle a posé sa main sur son ventre.

— Je l'ai perdu.

Avant que je ne sorte de la chambre, elle m'a dit :
— Qu'est-ce que vous allez faire maintenant ?
— Je vais attendre que l'on plombe le cercueil de ma fille pour son rapatriement, puis je rentrerai chez moi.
— C'est où chez vous ?
— En France, dans une ville qui s'appelle Lyon. Mais je vais devoir déménager pour Paris parce que j'intègre le mois prochain l'Orchestre national d'Île-de-France. Au moment où je perds ma fille, je réalise ce qui était autrefois un rêve. C'est vraiment malsain, la vie. Je ne sais pas pourquoi je vous dis tout ça.
— Alors pour Jakup, c'est… ?
— Du passé.

Elle s'est mise à pleurer, je n'aurais pas su dire si c'était de chagrin ou de soulagement. Peut-être bien un mélange des deux.

En fin de journée, l'inspecteur Samuelson m'a appelé pour me dire que l'identité de Maude avait été formellement attestée par le légiste en se basant sur son dossier d'orthodontie, que plus rien ne devrait donc s'opposer au transfert du corps. J'ai envoyé un texto à Nathalie pour lui faire part de cette information qui ne disait rien d'autre que ce que l'on savait déjà mais elle a pourtant planté ses banderilles dans mes plaies béantes, puis j'ai envoyé à mon avocat l'enregistrement de ma conversation avec Eyvor. Sans que je le lui demande, Niels m'a servi un verre, puis il s'est installé devant son chevalet. Martha avait ses écouteurs sur les oreilles. Je suis allé à la fenêtre. Le rebord était couvert d'une couche de neige qui envoyait de timides éclats de lumière, comme des phalènes effleurant la vitre de leurs ailes. Dehors il faisait nuit, une nuit glaciale. Dedans aussi.

27

Au matin, Niels nous a dit qu'il devait prendre un avion pour Copenhague afin de rendre visite à son frère qui habitait sur l'île de Samsø, que ce dernier était arrivé au terme de sa vie et qu'il ne lui fallait pas perdre de temps. Martha lui a cherché un billet d'avion et lui a annoncé qu'il y avait de la place sur le vol de onze heures trente et qu'ils feraient le voyage ensemble. Martha était comme ça, elle n'anticipait rien, parce qu'anticiper c'était déjà s'aliéner. Niels m'a assuré que je pouvais rester chez lui autant de temps que je voulais, mais j'étais tendu à l'idée de rester seul dans sa maison. Je ne le lui ai jamais dit, mais sa collection de volatiles empaillés et ses toiles d'oiseaux me faisaient penser au manoir de Norman Bates dans *Psychose*, d'Alfred Hitchcock.

Je les ai accompagnés jusqu'à l'aéroport. Il pleuvait et le bruissement de l'eau soulevée par les pneus couvrait le ronronnement du moteur. Nous nous sommes laissé absorber par la morosité ambiante et n'avons que peu échangé. Martha a fait le trajet en pianotant sur son portable, les écouteurs sur les oreilles. Elle était à ce carrefour complexe de la déconstruction où il est plus facile de se passer de viande que de tourner le dos aux nouvelles technologies. Je suis resté avec eux jusqu'à ce que l'avion décolle. Je n'étais pas pressé de les quitter. Niels m'a dit que sa porte me serait toujours ouverte et Martha m'a fait une accolade en me recommandant de ne pas oublier de faire du sport « au cas où nous serions amenés à grimper de nouveau ensemble ».

Sur la route du retour, j'ai pris le temps de flâner. La pluie avait cessé et le soleil faisait de brèves mais lumineuses apparitions entre les écharpes de brouillard qui enserraient les sommets d'une blancheur primitive. C'était désespérément beau. J'ai musardé jusqu'au milieu de l'après-midi. En arrivant chez Niels, j'ai vu un attroupement et une voiture de police. Je me suis précipité. Sept ou huit personnes étaient dans son atelier. Les tableaux étaient lacérés et les oiseaux naturalisés, éventrés, perdaient leur rembourrage comme la doudoune de Maude ses plumes. Contre un mur gisait ce qui restait de mon violoncelle. C'est pas grand-chose, un violoncelle éventré. Quelques lamelles de bois aboutées, épaisses de deux millimètres tout au plus, une face blanche et l'autre vernie. Un manche, quatre cordes et des chevilles pour les tendre, et c'est à peu près tout. Ça m'a fait mal de voir mon Mirecourt démembré avec autant de rage. J'ai ramassé son chevalet et sa pique. Son âme aussi. Cette petite pièce de bois qui ne paie pas de mine relie la table au fond de l'instrument et c'est elle qui met le violoncelle en vibration. J'ai demandé aux flics ce qui s'était passé. Ils m'ont répondu que les voisins avaient vu de la fumée et qu'ils s'étaient précipités pour éteindre l'incendie.

Ils m'ont désigné de la main l'angle de l'atelier dans lequel Niels stockait son essence et ses couleurs. Je n'avais pas remarqué ce départ de feu en entrant. J'ai remercié les personnes présentes, mais elles m'ont retourné des regards qui disaient qu'avant ma venue dans ce village, ça ne serait jamais arrivé. Des regards qui m'invitaient à rentrer chez moi et à y rester. Les flics m'ont prié de les suivre parce qu'ils avaient pour consigne de me mettre en sécurité. J'aurais aimé redresser quelques meubles, redonner quelques couleurs à la maison, j'avais un peu honte de la laisser dans un tel état. Niels avait certainement déjà été averti et je me disais qu'il devait regretter amèrement de m'avoir offert l'hospitalité.

Ils m'ont escorté jusqu'au poste, m'ont installé dans un bureau et un agent a posé un dossier devant moi. Je l'ai ouvert du bout des doigts. Il contenait une série de photographies. Des photos du *hjallur* avec Maude recroquevillée dans le fond. Elle avait la tête entre les genoux et son corps s'écroulait du côté opposé à la paroi de bois. Une position terriblement inconfortable. Une position que seul un corps sans vie peut endurer. Sa longue chevelure traînait sur le sol souillé par les fluides corporels. Au-dessus d'elle, des quartiers de baleines pilotes noircis par le temps. Les photos m'ont frappé au visage et au foie comme une volée d'uppercuts. Ce que je voyais n'aurait jamais dû appartenir à ce monde. Un filet de bile a noyé ma bouche. J'ai craché dans mon mouchoir avant de filer aux toilettes. En me regardant dans la glace, je ne voyais rien d'autre que l'absence. De retour dans le bureau, j'ai trouvé, sous les photos, le rapport du légiste : Maude était décédée des suites d'une hémorragie interne causée par un objet acéré qui avait perforé le poumon gauche ; sa mort était estimée à trois semaines, compte tenu des basses températures qui avaient suivi son décès. Quand les flics sont passés récupérer le dossier, j'ai tenté de me ressaisir pour ne pas leur offrir le plaisir de mon naufrage. J'ai bien peur d'avoir failli. Je me suis dit qu'il était temps d'appeler mon avocat. Il était dix-sept heures. Deux heures plus tard, les flics me relâchaient.

J'ai passé la soirée et une partie de la nuit à nettoyer la maison de Niels. Il y avait une affreuse odeur de fumée froide. J'ai trié ce qui était en état et ce qui ne l'était plus. J'ai lessivé, épongé, frotté, mais au final je n'ai rien effacé. On n'efface jamais rien. J'ai passé ma nuit à côté de mon étui à violoncelle vide. Un condensé de ma vie.

Le lendemain matin, j'ai appelé Niels. Il m'a semblé très abattu. Je lui ai dit avoir fait le ménage et rangé sa maison du mieux que je pouvais. Il m'a répondu qu'aux Féroé les choses n'étaient plus ce qu'elles avaient été, que la perte imminente de son frère cadet le projetait dans ces contrées que l'on rechigne à explorer tant que l'on n'est pas amené à se pencher sur sa propre condition de mortel. Revenir sur l'île qui l'avait vu naître devait aussi, probablement, remuer en lui une foule de choses. Des choses qu'il pensait avoir chassées de sa mémoire. On se targue parfois d'avoir réalisé ce genre de prodige, surtout pour ce qui a trait à nos racines, notre famille, notre enfance ou notre adolescence, mais au final il y a toujours un lieu, une personne que l'on aimerait revoir avant que la vie ne se détourne de nous. Niels a ajouté qu'il n'était plus sûr d'avoir envie de vivre aux Féroé, qu'il allait devoir y réfléchir parce que les lieux sereins qui l'avaient autrefois séduit glissaient vers la violence et la crise identitaire.

L'inspecteur Samuelson m'a appelé en fin de matinée pour m'annoncer qu'Aksel Dam avait été interrogé et qu'il souhaitait me voir à ce sujet. Se sont ensuivies des questions déroutantes laissant entendre que quelque chose n'allait pas. Il a terminé la conversation en me disant que le cercueil de Maude avait été plombé dans la matinée et que je pouvais passer à la morgue de l'hôpital de Klaksvík pour me recueillir avant qu'il ne soit pris en charge par les services chargés de son expédition. C'était la seule chose que j'avais envie d'entendre. Je suis allé à la morgue sans perdre de temps. Le cercueil de Maude reposait sur deux tréteaux métalliques. Il y avait dans la pièce une désagréable odeur. Une femme en blouse blanche m'a expliqué que c'était la résine utilisée pour le soudage à froid de l'enveloppe interne du cercueil qui puait comme ça et que je devais enlever les fleurs que je venais de poser dessus. J'ai dit à Maude que j'aurais aimé la serrer dans mes bras, combien elle m'avait manqué, que c'était difficile de la retrouver, après tout ce temps perdu, sans pouvoir caresser son visage.

28

Je me suis rendu à la convocation de Samuelson plus intrigué qu'inquiet parce que le pire m'avait déjà frappé et qu'on ne meurt qu'une fois. Mais rien n'est plus incertain que la vie.

— Aksel Dam affirme que vous êtes responsable de la disparition de Jakup Danielsen, que vous et une jeune femme, probablement une de ces activistes d'Ocean Kepper, l'avez poussé d'une falaise.

— Je ne connais pas cet Aksel Dam et ce qu'il raconte est totalement farfelu. C'est vous les chasseurs d'oiseaux, moi je suis violoncelliste. C'est une manie chez vous d'inverser les rôles. Quant à Jakup Danielsen, c'est un prédateur. Trouvez-le, lui et son deuxième complice, Ellefsen, et faites-leur avouer ce qu'ils ont fait à ma fille.

— Eyvor Ennigard vous a dit ce que vous souhaitiez savoir, non ? Vous ne manquez pas de culot. Je me demande comment vous avez bien pu faire pour entrer dans sa chambre.

— J'ai frappé à sa porte.

— Vous vous moquez de moi ?

— J'ai demandé de ses nouvelles à l'accueil et on m'a donné le numéro de sa chambre.

— Ça doit être à cause de votre côté bon Samaritain.

— Qu'est-ce que vous voulez au juste, inspecteur ?

— On a vérifié ce que Dam nous a dit. Ça se tient. On a retrouvé la camionnette de Jakup Danielsen près d'un parc à moutons, enfin celle de Laksefarm. Elle avait les pneus crevés. On a aussi fait le rapprochement avec votre propre voiture de location. Elle est dans un sale état et il y a de la boue et des herbes plein le bas de caisse.

— Je me suis embourbé sur le chemin de la maison d'Eyvor Ennigard. Ça ne vous aura pas échappé, c'est vous qui m'avez ramené ma voiture. Pour le reste, j'ai serré d'un peu trop près l'accotement. Vos routes sont très étroites.

— De son côté, Eyvor Ennigard nous a aussi dit qu'elle n'avait plus rien à craindre de Jakup Danielsen, que c'est ce que vous lui avez laissé entendre.

— C'est vrai que je lui ai dit ça, mais j'ai sans doute été présomptueux.

— Qu'est-ce que vous voulez dire ?

— Après les déclarations de Mme Ennigard, j'imaginais que vous auriez à cœur d'arrêter Danielsen et ses acolytes pour les traduire en justice. Mais ça ne semble pas être votre priorité.

— Dites donc, à quoi vous jouez ?

— Je ne joue pas, inspecteur. Merci de me rendre mon passeport. Je dois rentrer pour organiser les obsèques de ma fille.

— Il faut que je voie ça avec la juge.

— Mon avocat a déjà vu ça avec elle, vous le savez très bien.

— Eh bien disons que je vais devoir lui reposer la question. J'ai des consignes et en ce moment elles pleuvent comme des fous de Bassan sur un banc de capelans. Attendez dans le couloir.

Je me suis assis sur un rebord de fenêtre et j'ai envoyé un texto à mon avocat pour lui expliquer la situation. Un type assez râblé se tenait debout à l'autre extrémité du corridor. Le flic qui l'accompagnait a échangé avec un collègue et puis ils ont brièvement discuté tous les trois. Ils ont ri à je ne sais quelle blague parce que je ne pouvais pas comprendre un traître mot, mais quand l'un a appelé le type Aksel en l'invitant à s'asseoir, ça a mis mon esprit en panique. Les flics sont entrés dans un bureau. L'autre me regardait d'un air mauvais. J'ai serré l'âme de mon Mirecourt dans ma main droite à m'en rompre les tendons pour soutenir son regard, et je dois dire qu'il n'y a pas que mon violoncelle qu'elle mettait en vibration.

J'ai quitté le poste avec mon passeport et je suis aussitôt descendu au port pour boire un verre. J'avais besoin du brouhaha qui habite ces bars fréquentés par les pêcheurs pour panser mon esprit. J'ai bu une bière avant de réserver une place sur le premier vol du lendemain. Je pianotais sur mon téléphone quand l'inspecteur Samuelson est entré. Il m'a cherché du regard avant de venir vers moi.

— Allons nous asseoir dans le fond, nous serons plus tranquilles pour discuter.

Ce n'était pas ce que j'étais venu chercher et c'était de surcroît la dernière personne avec laquelle j'avais envie de parler, mais je l'ai suivi.

— Vous reprenez quelque chose ?
— Non, merci.
Il s'est commandé une bière.
— Quand pensez-vous partir ?
— Demain matin.
— Vous savez, au sujet de Jakup Danielsen... il ne donne plus signe de vie et je crois que vous n'y êtes pas pour rien.
— Vous vous trompez, inspecteur.
— Disons que c'est dans le champ des possibles ! Mais ce ne serait pas une grande perte. Pas plus que celle d'Aksel Dam.
— Je ne vous suis pas.
— Tordur, ce pauvre gars qui a été tué lors du *grind* de la baie de Vidvík, c'était un ami de mon fils quand ils étaient tout gamins. Il avait un handicap lui aussi. Mental, enfin, «cognitif», c'est le terme qu'utilisait le médecin. Quand ils jouaient ensemble, ça ne se voyait pas qu'ils étaient différents des autres enfants et on avait tous l'espoir que ça allait continuer comme ça toute leur vie. Quand j'ai vu votre vidéo, enfin celle de votre fille, ça m'a remué. Alors, avant que vous partiez, je voulais vous dire : si Aksel Dam et Bardur Ellefsen sont jugés responsables de la mort de Tordur d'une manière ou d'une autre – et je crois que c'est le cas –, ils devraient aller en prison, mais il est possible qu'ils n'y aillent pas. Dans un cas comme dans l'autre, après le jugement ou après leur sortie de prison, je serai là et je les tuerai de mes propres mains.

L'inspecteur Samuelson a fini sa bière avant d'ajouter :

— Ce qui importe dans la vie, c'est ce que l'on a fait entre le jour où l'on y est entré et celui où on la quitte. Il doit être agréable d'avoir quelques raisons d'en être fier. Le plus souvent, c'est là que ça pèche. Pour mon fils, vous savez, c'est comme une nécrose, ça me ronge jour après jour.

Il est sorti avec l'air résigné des hommes qui portent en eux le fardeau d'une douleur à jamais béante, courbant l'échine, comme Sisyphe. Nous avions ça en commun.

29

Les obsèques de Maude ont eu lieu à Sosoye, un village situé à environ une heure trente de Bruxelles. Le mari de Nathalie y possède une vaste propriété. Maude aimait y venir les week-ends et dès que l'occasion se présentait, c'est ce qu'elle m'avait dit pour justifier le lieu. Ça m'importait peu. Celui-là en valait bien un autre et, si Maude y avait puisé des moments de sérénité, alors c'était bien ainsi. Je m'y suis baladé pour chercher ce que ce coin de Belgique avait bien pu lui inspirer. Il y avait du relief, les maisons étaient en pierre et des pelouses calcaires évoquaient des massifs plus imposants que la montagne de Sosoye. Je me suis dit que ça devait être ce qu'elle recherchait, un espace qui invitait à marcher, grimper et voyager.

Nathalie a organisé les obsèques de notre fille comme elle organisait sa vie avec son mari : avec faste. Ce dernier souhaitait qu'aucun sympathisant d'Ocean Kepper ne soit présent, mais je m'y suis opposé. Dans l'église, il y avait du monde. Sur le parvis était regroupée une bonne trentaine de militants venus essentiellement du nord de l'Europe – c'est ce que m'a confié Susan. Elle avait fait le déplacement depuis Londres après avoir assisté aux funérailles d'Alan quelques jours plus tôt. Antoine, mon avocat, avait également fait le déplacement. Après l'homélie, j'ai joué la première suite pour violoncelle de Bach parce que c'était le morceau favori de Maude quand elle était enfant. Nathalie aurait aimé que je joue un requiem et son mari que je m'abstienne tout bonnement. Après le cimetière, je me suis installé sur le parvis de l'église pour jouer à l'intention de Maude et des militants. Beaucoup de monde est resté à m'écouter, ce qui a contrarié les plans de Nathalie et de son mari. Ils avaient prévu un repas dans leur propriété. Il n'a jamais été question que je participe à ces agapes mortuaires.

Une averse a flanqué la pagaille sur le parvis. Je me suis précipité sous le porche, où Susan et Antoine m'ont rejoint. Nous avons parlé des îles Féroé et de Maude aussi, bien sûr. Sa disparition et sa mort tragique étaient sur toutes les lèvres. Avant de nous quitter, Antoine m'a dit avoir de nouvelles informations concernant Atli Joensen :

— Ces dernières années, l'intérêt pour la chasse à la baleine déclinait. Alors, pour dynamiser la pratique, il a créé une association pour la défense et la préservation des *grindadráps* et il a invité tous ceux qui voulaient le suivre à y adhérer. Autant vous dire qu'ils ont été nombreux à le faire, à commencer par les membres du gouvernement. On ne peut rien lui refuser sans avoir à en subir les conséquences. L'association est sur les réseaux sociaux et a sa page Facebook, comme Ocean Kepper. Les *grind*, Atli Joensen s'en fout comme de l'an 40. Tout ce qu'il veut, c'est perpétuer cette tradition barbare propre aux Féroé. Ça donne aux îles une couleur particulière à leur indépendance, quelque chose qui invite à pas trop les emmerder et ça fait écran à tout un tas d'autres choses encore moins avouables.

J'avais déjà entendu Úlvur me dire tout ça, mais je l'ai laissé poursuivre :

— Vous n'avez pas remarqué de bateau russe dans les ports ?

— Non, je n'ai pas fait attention.

— Des entreprises comme celle de Joensen commercent avec la Russie malgré l'embargo russe sur les produits alimentaires venant de l'Union européenne, de Norvège, d'Australie, du Canada et des États-Unis. Il a été mis en place par la Russie dès 2014, en réaction aux sanctions économiques prises par ces pays. Les Féroé s'en affranchissent. Entre autres choses, Joensen leur vend ses saumons une fortune. Aujourd'hui, ce mec est milliardaire.

Je me suis dit que les chemins ne mènent nullement à Rome : ils sont circulaires, ne mènent qu'au centre de nous-mêmes et c'est une erreur que de penser pouvoir s'en écarter. Chez les plus cyniques et les plus immoraux d'entre nous, cette circumnavigation égocentrée développe une puissance cyclonique et génère des événements dévastateurs.

Tandis que je rejoignais ma voiture, une jeune femme m'a abordé. Elle portait une veste de marin rouge avec une capuche jaune fluo.

— Bonjour. J'ai beaucoup aimé ce que vous avez joué.

— Merci.

— Je voulais vous dire que j'ai bien connu Maude. Nous étions amies.

— Vous militiez avec elle ?

— Non. Nous avons été amies jusqu'au lycée. Après aussi, mais on se voyait beaucoup moins. J'ai fait une fac de langues et j'ai passé beaucoup de temps en Angleterre.

J'étais pris de court et j'avais tant de questions à lui poser qu'elles se bousculaient dans mon esprit.

— On pourrait peut-être se mettre à l'abri quelque part et boire un verre pour discuter ?

— Je suis venue avec mes parents, ils m'attendent. Ce sont eux qui m'ont dit pour Maude. Je n'arrive toujours pas à croire ce qui lui est arrivé. On était très proches. On faisait beaucoup de choses ensemble, mais c'est la voile qui nous a rapprochées. On était licenciées au club de Duinbergen, c'est à côté de Zeebruges. Je le suis toujours. M. De Witte a un appartement là-bas. Les premières années, on nous accompagnait, puis rapidement on nous a laissées y aller seules en train. Entre les régates en mer et les soirées entre amis, ça a été pour nous les plus belles années de notre adolescence. Je voulais vous dire que vous lui avez beaucoup manqué. Elle me parlait souvent de vous et de vos concerts. Quand j'ai compris qui vous étiez, j'ai eu besoin de vous rencontrer. Elle aurait aimé que je le fasse. Maude se sentait coupable de ne plus vous voir. Elle en voulait beaucoup à sa mère pour cela. Ça la rongeait et plus le temps passait, plus ça prenait de l'importance.

Je buvais ses paroles. J'aurais pu l'écouter me parler de Maude pendant des heures, des jours, des semaines entières.

— Et De Witte, c'est quel genre d'homme ?
— Le genre qu'il ne faut pas déranger.
— C'est-à-dire ?
— Juste ça. Maude était la fille de sa femme, elle vivait sous son toit, sans plus. Pour autant elle n'était privée de rien... sauf de vous. Bon, je dois y aller.
— Attendez ! Laissez-moi au moins votre nom et un numéro de téléphone pour que je puisse vous rappeler.

Je lui ai tendu un ticket de métro qui traînait dans ma poche et elle a griffonné dessus ses coordonnées. Je l'ai regardée s'éloigner. Elle a sillonné entre les flaques puis elle s'est engouffrée dans une voiture. J'ai baissé les yeux vers le ticket de métro que j'avais encore à la main. La pluie avait délavé l'encre. Quand j'ai relevé la tête, l'auto s'éloignait déjà.

30

Trois jours plus tard, je me rendais à ma première répétition avec l'Orchestre national d'Île-de-France. Je n'étais pas serein. Mes mains se remettaient à peine des sévices que je leur avais fait endurer pendant mon séjour aux Féroé. J'avais tardé à retrouver un violoncelle et perdu quelques journées de travail. Je n'étais vraiment pas au top. Quand mon téléphone a sonné, j'ai bien failli ne pas répondre.

— Monsieur Chauvet? Commandante Fabre. Je vous appelle au sujet du téléphone de votre fille.

— Le téléphone de ma fille?

— Vous avez bien une fille?

— Oui, pardon… J'avais un peu oublié son téléphone.

— Vous l'avez confié à l'ambassadeur de France au Danemark. Un téléphone retrouvé sur une plage, je crois.

— Dans la baie de Vidvík.

— Je ne connais pas le Danemark.

— C'est dans les îles Féroé.

— Ah! Ça se trouve où, les îles Féroé?

— Entre l'Islande et la Norvège. Au-dessus, c'est le Spitzberg.

— Vous fatiguez pas, j'ai toujours été nulle en géographie. Si ce n'est pas indiscret, elle faisait quoi votre fille là-bas ?

— Elle militait contre la chasse traditionnelle des baleines pilotes.

— J'ai entendu quelque chose sur ce sujet récemment. Des militants d'une ONG y ont perdu la vie dans des circonstances troubles cette année. Un gars et une fille, une Française si je me souviens bien.

— C'était ma fille et les circonstances ne sont pas troubles.

— Pardon. Je ne savais pas. Je ne connais pas cette affaire. On nous a seulement fait remonter les infos concernant le téléphone. Qu'est-ce qui s'est passé ?

J'ai rapidement parlé de Maude et des *grindadráps*.

— Vous avez trouvé quelque chose dans son portable ?

— Rien de particulier, à part des vidéos de vos concerts, mais j'imagine que ce n'est pas une surprise.

— …

— Vous êtes toujours là ?

— Oui, pardon. Non, je ne le savais pas.

— Donnez-moi votre adresse mail, je vous envoie ça.

Je suis entré dans la salle de répétition dans un état peu compatible avec la concentration que demande le travail de premier violoncelle solo avec un chef. J'étais abasourdi. Je me suis isolé un instant pour faire quelques exercices de respiration. Nous avons joué le *Requiem* de Fauré. C'était un moment intense qui ne devait rien au hasard du calendrier.

J'ai été emporté par une énergie que je n'avais pas connue avant ce jour. Quelque chose qui transpirait dans mon jeu. La crainte de la fausse note, je l'avais bannie. À la fin de la répétition, j'ai fait connaissance avec les musiciens. L'accueil, entre chaleur et retenue, a été une douce transition entre le *Requiem* qui baignait encore l'auditorium de ses vibrations et la réalité du moment. Dans le flot des émotions contradictoires qui s'agitaient en moi, je peinais pourtant à être à l'écoute. Il me tardait de consulter mon téléphone.

En quittant l'Orchestre national, j'ai ouvert le mail que la police m'avait envoyé. Il y avait trois extraits de concerts. Maude était à chaque fois dans les premiers rangs, tout près de moi. Si près… C'était tellement incroyable que je n'arrivais pas à l'imaginer derrière l'appareil qui filmait. Il y a quelques semaines encore, ma vie avec elle se résumait à onze années communes et une vidéo. Et là, tout un univers s'ouvrait. Qu'avions-nous partagé encore ?

Quand Ocean Kepper m'a proposé d'être l'un des parrains de l'ONG, j'ai accepté sans hésitation. Leur première sollicitation m'a emmené à Londres. J'ai joué sur une scène montée devant la Tamise avec des artistes de divers horizons musicaux et participé à une émission de télévision dans laquelle je disais les valeurs défendues par l'ONG, les raisons de mon engagement. Je parlais de Maude, de la conscience exacerbée qu'elle avait des risques liés à l'environnement comme les pollutions, la diminution de la biodiversité, l'épuisement des ressources naturelles ou le changement climatique. Je faisais corps avec elle. Elle était en moi.

Quelques mois après, Antoine, mon avocat, m'a appelé pour me dire qu'Aksel Dam et Bardur Ellefsen avaient péri en mer. Seul le bateau sur lequel ils s'étaient embarqués avait été retrouvé. Il n'y avait pas grand-chose à ajouter, si ce n'est qu'aucun des deux n'avait été inquiété. Ni eux ni personne d'autre. J'avais souvent rêvé que je glissais la pique de mon Mirecourt dans la gorge d'Aksel Dam, de Bardur Ellefsen et d'Atli Joensen, comme les hommes de certaines tribus de Papouasie se glissent un os dans le nez. Mes pensées sont allées vers l'inspecteur Samuelson. Je me demandais de quelle part de son fardeau il s'était délesté. De mon côté, j'ai guetté, dès cette annonce comme les jours suivants, une forme de soulagement, d'apaisement. Quelque chose qui m'aurait permis d'être en paix. Je n'ai rien vu venir.

REMERCIEMENTS

Je remercie Christel, ma femme, pour ses suggestions heureuses et Christiane Lepoivre pour la relecture de ce roman comme de tous les précédents.

Du même auteur :

Aux éditions Albin Michel

De silence et de loup, 2021 ; Le Livre de Poche, 2023.

Chez d'autres éditeurs

Le Sourire du scorpion, Le mot et le reste, 2020 ; Le Livre de Poche, 2022.
Terres fauves, Le mot et le reste, 2018 ; Le Livre de Poche, 2020.
Denali, Le mot et le reste, 2017 ; Le Livre de Poche, 2021.
La Naufragée du lac des Dents blanches, Le mot et le reste, 2016.

PATRICE GAIN
AU LIVRE DE POCHE

Le Livre de Poche s'engage pour
l'environnement en réduisant
l'empreinte carbone de ses livres.
Celle de cet exemplaire est de :
150 g éq. CO_2
Rendez-vous sur
www.livredepoche-durable.fr

PAPIER À BASE DE
FIBRES CERTIFIÉES

Composition réalisée par Lumina Datamatics, Inc.

Achevé d'imprimer en France par
CPI BRODARD & TAUPIN (72200 La Flèche)
en janvier 2024
N° d'impression : 3055287
Dépôt légal 1re publication : février 2024
LIBRAIRIE GÉNÉRALE FRANÇAISE
21, rue du Montparnasse – 75298 Paris Cedex 06

16/6866/7